또 한 번의
야반도주

▶ 홍정자 지음

또 한 번의 야반도주

이지출판

8년 전 떠밀리듯 첫 작품집을 엮었다.

그때는 처음이라 기쁨보다 두려움이 앞서 숨고 싶었다. 그러나 주위에서 따가운 질책보다 과분한 격려를 해 주셨다. 용기를 얻었다. 다음부터는 한 편이라도 곡진한 글을 쓰겠다고 마음속으로 다짐했다.

선생님의 강의를 들을 때마다 송구스러웠다. 타성이 붙은 글은 좀처럼 나아지지 않아 자신에게 더 혹독한 채찍질을 해댔다. 글이 풀리지 않으면 시간에 쫓겨서 그렇다고 불평을 늘어놓았다. 내 능력의 한계를 인정하고 싶지 않았다. 그러나 하루를 통째로 부릴 수 있는 지금도 달라진 것은 없다.

하릴없이 세월만 새어 나갔다.

"서둘러 쓰려고 하지 말고 그동안 써 놓은 글 묶어 봐."

어느 날 선생님의 말씀에 정신이 번쩍 들었다.

그동안 많은 사람들에게 넘치는 사랑과 은혜를 받았다. 멀리서 가까이에서 위로하고 격려해 주신 이웃과 친지들에게 고맙다는 인사도 제대로 하지 못했다. 내가 뭔가 하고 있다는 걸 보여 주는 것이 좋을 것 같았다.

  흩어져 있는 원고를 한데 묶어 출판사에 넘겼다. 잘 가르치지도 못한 딸자식 시집보내는 것 같은 심정이었다.

  마음 써 주시고 표지도 그려 주신 손광성 선생님과 문우들, 사랑하는 가족들께 깊이 감사드립니다. 그리고 일 년 전 우리 곁을 떠난 남편 송준호님께 이 책을 드립니다.

  2019년 새봄에

  홍 정 자

또 한 번의
야반도주 _ 차례

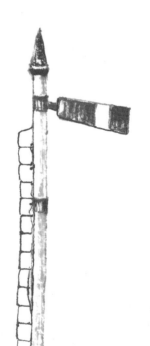

2. 어머니의 목소리

3. 뛰는 여자

4. 또 한 번의 야반도주

5. 오래된 사진 한 장

1. 사과 예찬

사과 예찬

가을이면 온갖 과일이 풍성하다. 그중에서도 나는 사과를 제일 좋아한다. 빨간 사과가 늘어지게 달려 있던 사과밭. 사과나무가 커가듯 내 꿈도 거기서 커져만 갔다. 언제부턴가 꿈보다 방황이 커지면서 내 청춘도 묻고 고향을 떠났다. 그리고 한 세대가 지나 사과밭도 전설 속의 낙원처럼 사라졌다.

지금도 기분이 울적하거나 피곤할 때면 사과를 먹는다. 한 입 베어 물었을 때의 그 상큼함. 온몸이 상쾌해지고 피로가 말끔히 가신다. 사과는 보는 것만으로도 활기를 준다. 하루 사과 한 개를 먹으면 의사가 필요 없다는 말이 있다. 그만큼 우리 건강에 좋다는 의미다.

배나 감도 빼놓을 수 없는 가을 과일이지만 갈채를 받는 건 역시 사과다. 시원한 맛으로야 배를 따라갈 수 없을지 모르지만 사과는 오랜 세월 숙성된 깊은 맛과 향, 매혹적인 빛깔로 시선을 사로잡는다. 많은 사람들의 사랑을 받고 있으니 가히 '국민과일'이라고 할 만하다.

사과가 으뜸으로 대접받는 데는 그럴만한 이유가 있다. 요즘은 제철이 아니어도 재배되는 과일이 있지만 대부분의 과일이 한철 반짝하고 사라진다. 하지만 사과 중에는 8월에 첫선을 보이는 파란 아오리에서 11월 서리를 맞아야 따는 부사에 이르기까지 품종에 따라 수확한다. 그리고 저장이 쉬워 어느 때라도 쉽게 먹을 수 있다. 그래서일까. 일 년 열두 달 기본적으로 제사상에 오르는 몇 안 되는 선택된 과일이기도 하다.

사과는 겉모습부터 호감을 준다. 추석 무렵에 따는 홍옥은 붉다 못해 루비처럼 투명한 색깔이다. 여성의 살갗처럼 매끈하면서도 둥근 몸매는 거의 관능적이라 할 만하다. 태초에 에덴동산에서 이브가 나무열매의 유혹에 빠졌던 것도 그 빛깔 때문이 아니었을까. 뙤약볕에 상기된 두 뺨은 웃음을 머금은 양 밝다.

게다가 외양에 비해 속살은 더 부드럽다. 사근사근한

과육은 껍질을 다 벗기기도 전에 입안에 군침이 돌게 한다. 한 입 베어 물었을 때 '사각' 하는 소리, 달콤한 향기와 함께 새콤하게 입안에 스며드는 과즙은 첫사랑의 추억처럼 우리를 황홀하게 한다.

어렸을 때 숨어들곤 했던 우리 집 창고에서도 진한 사과 냄새가 났다. 무더운 여름날 자옥하게 피어나던 감미로운 향기. 나는 한동안 빈 상자에 몸을 눕히고 향기에 취해 버렸다. 사과는 푸석푸석하게 물기가 마르고 쪼글쪼글해진 몸피에서도 듬쑥한 향기를 잃지 않았다. 프랑스 소설가 미셸 투르니에는 "냄새에는 정신이 담겨 있고 맛에는 육체가 담겨 있다"고 했다. 사과야말로 정신과 육체가 조화를 이루는 몇 안 되는 완벽한 과일이지 싶다.

대부분의 과일이 반듯하게 모양이 좋은 것이 맛이 좋지만 사과에는 예외가 있다. 사과밭에서 맛있는 사과를 고르려면 까치에게 물어봐야 한다. 까치가 입질을 한 사과는 영락없이 일등품이다. 다 그런 건 아니지만 내 경험으론 뒤통수가 움푹 들어가고 유자나 석류마냥 껍질이 거칠고 툭툭 불거진 것이 속이 야무지고 감칠맛이 있다.

사과는 한 알을 가지고도 어디서나 손쉽게 나눠 먹기가

좋다. 양손으로 움켜쥐고 반대쪽으로 비틀면 두 쪽으로 쪼개진다. 향기로운 사과를 나누어 먹으면 둘 사이의 정도 더 깊어질 것 같다. 어디에 내놓아도 모난 데가 없이 잘 어울리는 것이 품 넓은 어머니를 닮았다. 그래서 사과를 덕을 지닌 과일이라고 하는가 보다.

나는 하루에 밥은 한 끼 굶어도 사과를 거르지 않을 만큼 사과를 좋아한다. 후식에 사과가 빠지면 뭔가 허전하다. 그래서 사과가 풍성한 가을을 좋아한다.

가을이 깊어지면 만행을 마친 수도승처럼 사과는 창고 속으로 면벽을 하러 들어간다. 그리고 이듬해 가을까지 살신성인을 한다.

다시 가을이다. 사과를 한 입 베어 문다. 무엇에 물린 듯 온몸 구석구석 저리고 아팠던 지난날들이 사과의 상큼한 과즙과 향기에 밀려 저만치 밀려나고, 그 자리에 어렸을 때 뛰놀던 내 유년의 낙원이었던 우리 집 과수원이 그림처럼 조용히 펼쳐진다. 난 다시 사과 한 입을 베어 문다.

온몸으로 하는 기도

8월 초, 덕현 스님을 뵈러 갔다. 성북동 길상사 주지를 하던 스님은 법정 스님이 가장 아끼던 상좌라고 들은 적이 있다. 법정 스님 입적하시고 스님은 홀연히 떠나셨다. 그 후 봉화에 머문다는 소식을 진즉 듣고도 찾아뵙지 못했는데, 마침 그곳이 고향인 친구가 피서를 간다기에 따라나섰다.

봉화에서도 한 시간 가까이 산길을 따라 올라갔다. 막다른 산 밑에 프랑스식 이층 건물이 보였다. 스님은 전통적 양식을 벗어나 현대식으로 짓고 싶으셨는지도 모른다. 목조건물보다 더 무한한 터전에서 불법을 전하려는 큰스님다운 발상이었다. 산으로 둘러싸인 정상에 이런 낙원이 있다니 놀라웠다.

입구에 차를 세우고 주위를 둘러보았다. 요사채 옆 텃밭에 채소들이 땡볕 아래 졸고 있었다. 옥수수에 호박덩굴이 담을 쌓아 그늘을 드리웠으나 폭염을 막아 주지는 못했다.

비스듬한 언덕으로 올라서자 연밭이 펼쳐졌다. 생각지도 못했던 광경에 나는 그 앞에서 감읍했다. 신천지를 발견한 기분이 그랬을까. 뭉클한 감동이 밀려왔다. 차 소리에 법당에서 작달막한 젊은 보살이 우리 곁으로 다가와서 "스님이 기도중이신데 약속을 하고 오셨느냐"고 물었다. "그냥 왔다"고 내가 대답하자 연밭에 있는 배 안에서 잠시 기다려 달라고 작은 소리로 일러주곤 들어갔다.

어림잡아 이십여 평쯤 될까. 연밭에는 백련이 가득했다. 물기를 머금은 연잎 속에 오롯이 피어 있는 연꽃들은 선녀들의 자태처럼 황홀했다. 바람 한 점 없는 연밭은 정적 그대로였다. 연꽃은 평상심을 잃지 않았다. 어쩌면 애초부터 연은 흔들리지 않는지도 모른다. 바람이 심술을 부렸을 뿐. 정성을 들여서인지 연잎 하나가 골짜기를 덮고도 남을 것 같았다. 너무도 고결해서 내 마음 한 자락 끼어들 틈이 보이지 않았다.

연밭 모서리에 작은 목선이 말뚝에 묶여 있었다. 배 안에 한 발을 들여놓자 출렁거렸다. 서툰 솜씨로 만든 나무 테이블과 의자가 정갈하니 운치를 더해 주었다. 연밭에 배를 띄우고 앉아 있으니 마음이 안온해져 왔다.

울컥 눈물이 쏟아졌다. 올해는 유난히 신역이 고됐다. 그런대로 몸은 관성처럼 따라가는데 마음을 추스를 수가 없었다. 그때였다.

"올라오시느라 힘드셨지요?"

깜짝 놀라 쳐다보니 스님이 법당에서 내려오며 반갑게 맞아 주셨다. 가사를 입지 않고 헐렁한 바지에 긴팔 중의 적삼을 입은 모습이 낯설었다. 해맑던 얼굴이 새까맣게 그을려 영락없는 농부 같았다. 보통 키에 호리호리한 몸매, 곱상한 얼굴에 유난히 눈이 빛나는 스님은 차분한 목소리로 대중을 사로잡는 카리스마가 있었다. 인사를 하자 스님이 머뭇거리셨다.

"제가 하던 일이 있어서 가야 하니 어쩌지요. 이층으로 올라가 차를 드시면서 쉬고 계세요."

괜찮다고 말씀드리고 법당으로 올라갔다.

'법련선원'이란 현판이 붙은 법당에는 철로 된 작은 불상이 모셔져 있었다. 삼배를 하고 이층으로 올라갔다. 동남

쪽으로 창을 낸 이층 한편에는 쉬는 공간이 있고, 다실에
는 나무토막으로 칸막이를 한 큰 창이 있었다. 멀리 봉화
시내가 보이고 눈 아래 연밭이 그림처럼 아름다웠다.

보살은 묻지도 않았는데 스님의 근황을 알려 주었다. 음
성선원에서 법회를 하고 서울 삼각지에 있는 금강선원에
서 금강경 강의를 하신다고. 스님이 하루 일과를 시간표
대로 움직여 곁에 있는 사람도 따라 하려니까 잠시도 쉴
틈이 없다고도 했다.

스님은 법당 옆쪽에서 집을 짓고 계셨다. 2미터쯤 올라
간 벽에 포클레인으로 돌을 옮겨다 쌓고 시멘트로 틈새를
막는 작업을 하는 중이었다. 법당 위쪽으로 삼층 높이의
돌로 쌓은 큰 건물이 있는데 외곽에 철로 계단을 놓았다.
그 옆에 동화에 나오는 돌담집도 모두 스님이 지으셨다고
한다. 시멘트로 넓은 돌처럼 편편하게 벽돌을 찍어 쓰고
외벽은 큰 돌로 돌담을 쌓았다. 기존의 사찰과는 전혀 다
른 새로운 풍경이었다.

한 시간이 지나도 스님은 일손을 멈추지 않으셨다. 앉아
있어도 땀이 흐르는 금년 들어 제일 덥다는 날씨였다. 외국
스님과 다른 스님이 있었는데도 혼자 일을 하셨다. 온통

땀범벅이 된 스님이 걱정스러워 밖으로 나왔다.

"스님, 한낮 더위나 피하시지요."

내가 말씀드렸다.

"일을 하다 보면 더운 줄도 모르겠는데요."

스님은 여전히 벽에서 눈을 떼지 않고 대답하셨다. 그 체격 어디에 저런 뚝심이 있는 걸까? 법정 스님을 뵙는 듯 감회가 새로웠다. 기도란 법당에서 무릎 꿇고 하는 것만이 아니었다. 노동 속에 참다운 기도가 있었다. 밭에서 들에서 온몸으로 땀 흘리는 것이란 걸 스님을 보고 알았다.

집에 돌아갈 시간이 되어 인사를 드렸더니 저녁 공양을 하고 가라고 하셨다. 모처럼 만나 말씀도 듣고 싶었지만 열심히 일하시는 모습을 보니 오히려 마음이 편했다. 스님이 주신 책으로 위안을 삼을 수밖에.

뜻이 있는 데 길이 있다고 했던가. 부처님의 또 다른 불사를 하시는 스님을 뵙고 돌아오는 길. 마음이 활짝 열리는 것 같았다. 연꽃도 더 아름다웠다. 더위도 부담이 되지 않았다. 더군다나 연꽃과 만난 두 시간은 나에게 큰 위로가 되었다. 마음 가는 대로 살리라. 다짐도 했다. 연밭에 탁한 마음을 묻고 왔으니 내 마음도 한동안은 평안하리라.

엄마의 은반지 한 짝

오래전 여행 중에 남편에게서 진주 한 알을 선물 받았다. 평소 갖고 싶었던 보석이라 마음에 들었다. 그런데 여행에서 돌아와 며칠 후 찾아보니 보이지 않았다. 잘 간수한다고 숨겨 놓은 것이 탈이었다.

온 방안을 난장판이 되도록 뒤져 보아도 없었다. 잠이 오지 않았다. 손에 일이 잡히지도 않았다. 차라리 받지 않았더라면 하는 후회가 됐다. 그건 아마도 애초부터 나와 인연이 없었던가 보다 하고 포기하려는 순간 친정어머니 모습이 떠올랐다.

어머니는 집안 살림이 넉넉했는데도 평생 패물을 갖지 않으셨다. 그 흔한 금붙이 하나 지니지 않았다. 아니, 아예 그런 것에는 눈길도 주지 않으셨다. 늘 편안하고 자족하셨다.

어머니는 열아홉에 층층시하 집안의 둘째 며느리로 시집을 오셨다. 여나믄 식구에 닷마지기 논밖에 없더란다. 어느 날 아침 지을 쌀이 없어서 툇마루에 있는 씻나락을 쪄서 밥을 했다가 시어른의 호통을 들었다. 그 후부터 밤새워 삯바느질을 하여 살림을 꾸리고 그해 씨앗을 마련했다. 20여 년 고생 끝에 큰집에서 살림을 났다.

공동묘지를 불하받아 개간하여 과수나무를 심었다. 농사에 파묻혀 일을 하면서도 팔남매를 키웠다. 맏며느리 보고 난 다음에야 굵은 손가락에 금 닷돈 쌍가락지가 끼워졌다.

우리 큰아이 입학하던 해 어머니는 조카들 학교 뒷바라지를 위해 상경하였다. 서울 생활에 익숙지 않아 우리 집 근처에서 사셨다. 평생을 당신 마음대로 살아본 일이 없었던 주변 없고 허울 좋은 안방마님 자리를 벗어나니 그렇게 홀가분할 수가 없다고 하셨다. 농사일밖에 모르던 탓에 도시 생활이 생소하고 무료했으리라. 어머니는 대부분의 시간을 절에서 소일하셨다.

어느 날이었다. 시장에 다녀온 어머니 손에 가락지가 보이지 않았다.

"어머니, 가락지 어쩌셨어요?"

"정신이 깜박하면서 아찔하더니 그다음에는 모르겠구나."

그러면서 매우 미안해하셨다. 다치지 않은 것만도 다행이었다. 나는 아무 말 없이 다음 날 다시 해 드렸다. 처음에는 사실인 줄 알았다. 그러나 그 후에도 번번이 반지는 물론이고 금비녀까지 없어졌다. 똑같은 수법으로 도난당했다고 했지만 믿는 사람도 없었고 캐내려고도 하지 않았다.

그러던 어느 날 나에게만 살짝 귀띔해 준 사연은 이랬다.

"내 손가락에 끼면 뭐하니, 절 살림이 궁색한 것 같아서 보태려고 빼놨단다."

내 처지가 힘든 때라 좀 서운하기는 했지만, 어머니가 그렇게라도 보시하는 것이 즐거우시다면 그냥 넘길 수밖에 없었다. 어디 그뿐인가. 당신은 헌옷을 매무새해서 입으면서 새 옷은 가까운 사람에게 맞으면 입으라고 내주셨다. 살아 있을 때 필요한 사람에게 줘야 한다고 이것저것 꾸려 주다 핀잔 듣기가 일쑤였다.

한번은 어머니와 시장엘 갔다가 옷가게에 들렀다. 마음에 드는 옷을 골라보라고 했더니 있는 옷도 다 못 입는다고 쳐다보지도 않으셨다. 내가 진달래색 원피스를 보여

드리며 잘 어울린다고 하자 마지못해 입어 보고는 당신 손으로 처음 사보는 거라고 좋아하셨다. 자손들이 사다 주는 대로 아무 불평을 하지 않아서 그런 줄만 알았는데 그게 아니었나 보다.

한동안 어머니 손은 맨손이었고 늘 그것이 안타까웠다. 은이 몸에 허약한 기를 보충해 준다기에 연꽃 무늬를 새겨 두툼하게 은반지 한 짝을 사드렸더니 어린애처럼 환하게 웃으셨다. 까맣게 변해 버린 은반지는 오랫동안 주인 곁을 떠나지 않았다. 아마 값이 나가는 보석이었다면 벌써 누구 손에 넘어갔을 것이다. 운명하시기 며칠 전 손가락이 부어서 불편하다고 빼놓은 것이 마지막이었다.

팔남매를 남부끄럽지 않게 키워 내고 넉넉히 유산을 물려준 어머니의 패물잔치는 나와 둘이서 이렇게 당신의 성품대로 조촐하게 끝냈다.

지금도 나는 파랗게 변해 보잘것없는 은반지에 애틋한 정을 느낀다. 어머니의 패물은 그것밖에 없어 마치 어머니의 분신인 것처럼 깨끗이 닦아 소중하게 문갑 속에 넣어 둔다. 오늘같이 함박눈이 내리는 날엔 불현듯 어머니가 그리워 꺼내어 본다.

이카로스가 되더라도 날고 싶다

과수원을 하던 우리 집은 늘 바빴다. 지금은 영
농기술이 발달하여 농사가 수월해졌지만 옛날
에는 모든 일을 수작업으로 했다. 우리 과수원은 사과와
배 그리고 복숭아를 경작했는데 일 년 열두 달 쉴 틈이 없
었다. 꽃이 필 때의 환상도 잠깐, 열매를 솎아 주고 바로
봉지를 씌워야 했다. 제초제가 없던 때라 나무 밑의 풀도
일일이 손으로 뽑아 주었다.

아버지는 어려서부터 밖에 나가 노는 걸 허락지 않으셨
다. 심부름 갔다가 조금 늦기라도 하면 꾸중을 들었다.
튼튼했던 언니는 민첩하고 부지런해서 아버지의 칭찬을
받았지만, 허약하고 어수룩한데다 게으르기까지 한 나는
늘 야단을 맞았다. 나도 언니처럼 잘 보이고 싶었으나 밖에

나가 노는 것이 더 좋았다. 대문 밖에 아이들 떠드는 소리가 꿈속에서도 들리는 것 같았다.

대여섯 살 때였던가. 봄이 되어 복사꽃이 피기 시작하고 배꽃과 사과꽃으로 과수원이 출렁거렸다. 나비들도 덩달아 춤을 추었다. 나비를 쫓아 온 밭을 헤매고 다녔다. 내가 날아보고 싶다는 생각을 했던 것이 그때부터였지 싶다.

6 · 25는 여덟 살인 나에게 바깥세상으로 나가는 최초의 문이 되었다. 농사 때문에 어른들은 남고 아이들만 유구로 피난을 갔는데 전기가 들어오지 않는 깊은 산골이었다. 날마다 눈만 뜨면 사촌오빠들과 팽이치기와 자치기, 그리고 연을 날리며 신나게 놀았다. 수줍어하던 나는 어느새 선머슴애가 되어 있었다. 오빠들의 방패연은 하늘 높이 잘도 날았다. 그런데 내 연은 아무리 애써도 오르지 않고 주저앉기만 했다.

수복이 되어 고향에 돌아가게 되었는데도 나는 피난 갈 때만큼 즐겁지 않았다. 학교에는 서울에서 피난 내려온 아이들이 많았다. 하나같이 희고 예뻤다. 옷차림도 깔끔하고 게다가 똘똘해 보였다. 키도 나보다 한 뼘이나 더 컸다. 나중에 알았는데 나이도 두세 살 위였다. 나는 주눅이

들어 그 애들과 가까이하지 못했다.

방학이 되면 서울에 놀러가는 친구들이 그렇게 부러울 수가 없었다. 지금도 신문에서 여행지를 오려 둔 것이 한 보따리인데 해지고 누렇게 빛이 바래도 선뜻 버리지를 못 한다.

중학교 2학년 때 아버지가 돌아가셨다. 어머니의 족쇄 는 더 단단히 조여 왔다. 학교에서 돌아오면 숙제할 짬도 없이 과수원으로 내몰렸다. 아무도 모르는 곳으로 도망가 숨고 싶었다.

어느 여름날 지하실에 들어가 빈 상자를 쌓아 동굴을 만 들었다. 잠깐 잠이 들었던 것 같은데 오싹한 느낌이 들었 다. 벌떡 일어났다. 앞 상자 사이에 희끗한 게 보였다. 뱀 이었다. 숨이 멎는 것 같았다. 잠시 후 살펴보니 혀를 날 름거리며 상자 사이를 빠져나가고 있었다. 그 동굴도 더 이상 나의 은신처가 되지 못했다.

몸은 집에 있어도 마음은 늘 밖을 서성거렸다. 저녁이면 틈을 노려 울타리를 넘었다. 비 오는 날이면 극장으로 숨 어들고 눈 오는 날이면 친구 집을 찾아다녔다. 고등학교를 졸업하고 어찌하다가 서울에 유학을 하게 되었다. 그러나 몸은 자유로워졌는데도 마음은 여전히 무거웠다.

껍데기를 깨지 못한 나는 고향을 자주 찾을 수밖에 없었다. 빨리 어른이 되고 싶었다. 어른이 되면 뭐든지 내 마음대로 할 수 있을 것 같았다. 그러나 그게 아니었다. 돌파구로 찾은 결혼이 더 큰 닻이 되었다. 담장 너머에 누가 사는지도 모르고 생활에 매몰되었다. 지천명에 할머니란 감투를 쓰고도 내 몸은 여전히 자유롭지 못했다. 내 의지와는 상관없이 흘러가는 게 세상살이던가.

펭귄은 뭍에서도 먹을 게 많아 날개가 퇴화됐다는데, 나는 먹지 않아도 좋으니 날아가는 새가 되고 싶었다. 날렵한 몸매에다 보드라운 깃털. 지구의 중력을 이겨 낼 수 있는 두 날개를 가진 새를 부러워하면서도 하루하루 나는 날기를 포기한 펭귄이 되어 갔다.

인간이 춤을 추는 것은 모든 중압감으로부터 벗어나려는 몸짓이라고 했다. 어쩌면 자기 존재를 알리고 싶은 날갯짓인지도 모른다. 바다가 파도를 치며 공중으로 솟아오르는 것도 나무가 하늘을 향해 뻗어가는 것도 결국은 더 높은 곳으로 날아가려는 비상에의 욕구 때문이 아닐까.

만약에 나에게 자유가 주어졌다 해도 길들여진 일상

언저리에서 맴돌고 말았을지도 모른다. 날지 못하는 게 아니라 날아갈 용기가 없었던 것이다. 아니 날아가기를 포기했다.

그래도 다음 생에는 날아보고 싶다. 두려움과 겉치레는 던져 버리고 훨훨 날아보고 싶다. 이카로스처럼. 태양 가까이 날아가 떨어져 죽더라도 한번 내 날개를 펴고 살아보고 싶다.

마른 고추에게서 한말씀 들었다

아파트 옥상에서 고추를 말린다는 친구 말에 그만 귀가 솔깃했다. 오래전 정원 앞마당에서 고추를 말리다가 비를 만나 낭패를 본 후 그 일을 다시 하고 싶지 않았는데 나도 모를 일이다.

"나도 한번 해 봐?"

용기를 내어 보다가 자신이 없어 망설이는데 친구가 한마디 거들었다.

"날씨를 잘 만나면 어렵지 않아."

어렵지 않다는 말에 그만 욕심이 났다. 결혼하기 전 시골에서 많이 해 본 일인데도 그때는 눈여겨보지 않아서일까. 농사짓는 사람에게는 일상이지만 나는 무슨 사건이라도 되는 양 호들갑을 떨었다. 친구가 부추기지 않았으면 엄두도 내지 못할 일이었다.

작정을 하고 나니 마음이 급해졌다. 물고추는 두물에 딴 것이 껍질이 두껍고 아삭하다. 냄새를 맡아 보면 첫맛은 맵고 뒷맛이 달짝지근해야 일등급이다. 빛깔이 고와도 껍질이 얇으면 가루가 적다는 친구의 조언을 들으며 곧바로 경동시장으로 갔다. 평소에는 보이지 않던 고추가 한눈에 들어왔다. 탱글탱글하고 쭉 빠진 선홍색 물고추로 시장이 화안했다.

10킬로그램들이 세 상자를 샀다. 이제부터 내 인내심과 정성을 시험하는 실전이 시작될 것이었다. 옥상으로 올라가 이삼일 골쿠려고 지붕 밑 창고에 펴 넣었다. 마침 우리 아파트는 6층 건물로 지붕은 두꺼운 슬레이트를 덮었다. 지붕이 높지 않아서 오르내리기도 수월했다. 그런데다 지붕 밑에는 어른 키 높이의 넓은 공간이 있어 비를 피하기도 십상이었다.

시들해진 고추를 내어다 지붕에 헤쳐 널었다. 따가운 햇살 아래 고추들의 고행이 시작되리라. 아침잠이 많은 나도 옥상에 올라가 문안을 드리는 게 일과가 되었다. 시원한 바람과 상쾌한 공기가 그만이었다. 언제 날씨가 변할지 몰라 잠시도 짬을 낼 수가 없었다.

흐린 날은 외출도 하지 못했다. 다행히 흐리기는 했어도 비는 오지 않았다. 바람도 잘 통했다. 밤에도 고추를 걷지 않고 그대로 두었더니 대엿새가 되자 몸피가 꾸둑꾸둑해졌다. 조바심이 났다. 고추박사인 친구에게 언제쯤이면 다 마르느냐고 물었더니 대답이 시큰둥했다.

"아직도 멀었네."

열흘 가까이 되자 말간 고추 속으로 고추씨가 보이기 시작했다. 한 고비 넘긴 고추를 보자 자신감이 생겼다. 가까운 사람들의 얼굴에 어머니가 겹쳐 지나갔다. 옥상에서 고추를 말리다가 계단에서 넘어져 팔을 다치고도 그토록 그 일에 매달리셨던 이유를 알 것 같았다.

그러나 환상은 거기서 끝났다. 두 번째 고추를 들여와 아직 물기도 걷히지 않았는데 팔월 장마에 비를 몰고 온 태풍이 심술을 부렸다. 창고에 삼사일 갇히자 검은 점이 생기기 시작했다. 끌어다가 안방 돌침대와 전기장판에 정중히 모셨다. 물기가 마르자 검은 상처가 본색을 드러냈다. 배를 가르고 속을 펴보자 하얗게 곰팡이가 피어 있었다. 가차없이 골라 버리려니 심정이 편치 않았다.

고추를 잘 말리는 일도 인생살이같이 순탄하지만은 않다. 우선 날씨가 따라주어야 하고 고추를 다루는 요령이 필요하다. 처음부터 햇볕에 널어놓으면 하얗게 바랜다. 이삼일 그늘에서 풀기를 누그러뜨려 햇볕에 내다 말린다. 빛이 좋은 날 대엿새는 말려야 물기가 마르고 비를 만나도 곰팡이가 피지 않고 곯지 않는다.

사람 사는 일이나 고추 말리는 일도 맞닥뜨린 위기를 슬기롭게 넘겨야 제구실을 한다. 탱탱하던 피부가 말갛게 되고 노란 고추씨가 보여야 제대로 건조가 되는 것이다. 어떤 일도 일정 시간 숙련이 돼야 하는 것처럼.

며칠 지나서야 고추가 바깥 나들이를 했다. 백중날이라 오후에 가까운 절에 가는데 빗방울이 떨어졌다. 택시를 타고 뛰어들어와 고추를 걷었다. 한 줄기 소나기가 지나가자 이내 햇빛이 쏟아졌다. 다시 내다 널었다. 저녁에도 염려가 되어 걷어들였다. 세 차례나 소방훈련을 받고 나니 온몸이 뻐근했다.

고추와 씨름하기를 한 달여. 드디어 유리알 같은 고추가 바스락거렸다. 그제야 묻지도 않았는데 친구가 선심 쓰듯 말했다.

"이제 다 됐어."

그 말을 듣자 안도의 한숨이 나왔다. 몸이 붕 뜨는 것 같이 가벼웠다.

고추 한줌을 손에 들었다. 가뿐했다. 금전 열 냥이 쨍그랑 소리를 냈다. 나는 마른 고추에게서 한말쯤 들었다. 더는 비워 낼 것이 없는 해탈의 경지. 그러나 고추가 한마디 했다.

"물기를 말리세요, 그러면 가벼워집니다."

고추를 말리는 일은 생각같이 쉽지 않았다. 늘 보던 햇빛인데도 절실했고, 좋아하던 비를 원망하기도 하고, 힘들 땐 걱정 하나를 사서 보냈나 싶어 후회하기도 했다. 조급했던 내 성격도 많이 누그러졌다. 고통이 클수록 기쁨은 배가 되었다.

이제 내 몸을 햇볕에 널어야겠다. 아집과 성급한 마음까지도. 내 몸도 말리면 뱃속에서 저렇게 맑은 소리가 날까.

프리지어 꽃다발

며칠 전 아침이었다. 벨소리에 현관문을 열었다. 위층 쌍둥이 엄마가 프리지어 꽃다발을 들고 서 있었다.

"애들이 떠들어서…."

겸연쩍은 듯이 꽃다발을 내밀며 환하게 웃었다. 꽃보다 그녀의 미소가 더 싱그러웠다. 나는 꽃다발을 덥석 받아 들었다. 마치 각본에 나와 있었던 것처럼.

그런데 얼른 대답이 나오지 않았다.

"무슨 말을…."

이렇게 얼버무리자 그녀는 낮은 소리로 말했다.

"한 번도 시끄럽단 말씀도 안 하시고…."

말을 듣는 순간 얼굴이 후끈 달아올랐다. 사실은 그게

아니었는데. 비록 항의 같은 건 하지 않았지만 나는 소란을 참아낼 만큼 너그러운 사람이 못 되기 때문이었다. 속내를 들킬 것 같아 얼른 꽃으로 시선을 돌렸다.

"꽃이 아주 곱네요. 고마워요."

애기 엄마가 돌아간 뒤에도 나는 한동안 손에서 꽃다발을 놓지 못했다. 올봄에는 일찍 온 더위 때문에 천지가 한꺼번에 꽃으로 뒤덮였다. 꽃의 바다에 빠졌다고 할까. 하지만 어떤 다른 꽃보다 프리지어가 아름다워 보였다.

쌍둥이네가 오기 전에는 위층에 초등학생 남매가 있는 가족이 살았다. 부모들이 집을 자주 비워서인지 하루도 조용한 날이 없었다. 어느 때는 친구들을 몰고 와 축구장이 되기도 했다. 몇 차례 주의를 주었어도 그때뿐이었다. 이웃 간 소음 때문에 결국 분쟁에 이르기까지 가는 사정이 이해가 되었다.

그러나 쌍둥이는 그렇지 않았다. 게다가 요즘은 아이들 떠드는 소리가 그리운 시대가 아닌가. 서너 살만 돼도 유아원에 다니니 어쩌다 드나들 때나 마주친다. 이 쌍둥이 여자애들은 이사 와서 태어났는데 어느새 유치원에 다닌다. 새댁이 입덧이 심해 내가 무짠지를 갖다준 일이 있었다. 보행기를 탈 무렵부터 어찌나 귀여운지 만나면 껴안아 주곤 했다. 빨간 외투를 똑같이 입고 엄마 양손에 매달려 가는 그 애들을 보면서 외국에 가 있는 손자들을 보듯 위안을 받기도 했다.

쌍둥이 엄마는 늘 밝게 웃었다. 호리호리한 몸매에 해맑은 얼굴, 새하얀 피부가 한 떨기 백합꽃을 연상케 했다. 그리고 늘 온화하고 차분했다. 힘든 내색도 보이지 않았다. 쌍둥이를 나무랄 때도 큰 소리를 내지 않고 조용히 타일렀다. 이따금 애기 엄마가 들려주는 피아노 소리는 나의 지친 심신에 작은 위안이 되기도 했다. 이래저래 덕을 보고 있는 것은 되레 나였던 것이다.

나는 봄이 되면 계절병처럼 몸살을 앓는다. 위층 엄마는 그런 내 사정을 알고 있기나 한 것처럼 뜻밖의 선물로 내 마음의 병을 치료해 주었다. 생각지 않은 선물을 받아서인지 하루 종일 기분이 좋았다. 마음이 기쁘니 몸도 가벼웠다. 주위 사람에게도 너그러워졌다. 만나는 사람마다 좋은 일이 있느냐고 물었다.

배려라는 것은 큰 것에서 비롯되는 게 아닌 것 같다. 상대에 대한 이해에서 시작하는 것이리라. 그날 애기 엄마

덕분에 나를 다시 돌아보는 계기가 되었다. 그런데 젊은 이보다 더 오래 산 나는 그런 배려를 못했던 것 같다.

이제 봄꽃이 한창이다. 나도 꽃을 보내야겠다. 무슨 꽃으로 할까. 아, 프리지어가 좋겠다. 성모병원에서 투병 중인 조카딸에게, 그리고 멀리 삼척에서 요양 중인 옛 동료 남궁선생에게도 서둘러 프리지어를 보내야겠다.

그나저나 공주들에게 무슨 선물을 해야 할까? 예쁜 그림책을 사줄까, 양볼처럼 빨간 딸기를 한 바구니 사줄까. 아니면 밤을 넉넉히 넣고 쑥버무리라도 해 줄까. 나란히 앉아 그림책을 보고 있는 쌍둥이 모습이, 손에 딸기를 들고 좋아라 웃는 모습이, 한입 가득 떡을 물고 기뻐하는 모습이 눈에 어른거렸다.

뜻밖에 받은 한 다발의 프리지어가 나를 며칠 동안 행복하게 했다.

그리움이 차오르면

성북동에 있는 길상사에서 성지순례를 한다기에 따라나섰다. 행선지는 예산 수덕사와 서산 개심사였다. 버스 열네 대에 나눠 탄 신도들은 질서있게 움직였다. 버스에 스님이 승차하여 법문을 하고 열반하신 법정 스님의 말씀도 영상으로 보여 주었다.

올봄에는 꽃도 제대로 감상하지 못했는데 유실수에는 벌써 열매가 맺히고 있었다. 푸르른 산과 들도 낯설었다. 아니, 이 세상이 온통 낯설었다. 나 혼자만 팽개쳐진 기분이었다.

수덕사는 전에도 몇 번 갔었다. 이번에는 순례 목적도 있었지만 그곳에 가면 혹 옛 추억을 만날 수 있을까 하는 기대감에서였다. 일행은 세 시간이 지나 수덕사에 도착했다. 나는 젊은 신도들에게 뒤처지지 않으려고 걸음을 서둘렀다. 설법전에서 기도를 하고 공양도 마쳤다.

한 시간의 자유시간이 허락되었다. 그 절은 갈 때마다 맑은 기운이 느껴졌다. 대웅전과 다른 전각을 돌아보고 비구니들이 계시는 법당을 갔을 때는 돌아갈 시간이 빠듯하였다. 정혜사에 가고 싶었지만 올라갈 생각은 아예 접어야 했다.

20여 년 전 8월 말쯤이었다. 친지들과 정혜사에 계시던 벽초 선사를 뵈러 갔었다. 만공 대선사의 수제자인 벽초 스님은 참선을 하는 틈틈이 일일부작 일일불식一日不作一日不食을 평생 실천한 상머슴이었다. 만년에는 휠체어를 타고도 오갈 데 없는 고아들을 거두어 공부시키셨다.

정혜사는 수덕사의 말사로 덕숭산 꼭대기에 있다. 산이 가파르고 험했다. 게다가 그해는 늦더위가 심했다. 한 시간을 올라가니 온몸이 땀에 젖었다. 처사들은 나무 밑에서 웃옷을 벗어 러닝을 빨래 짜듯 했다. 지금도 그때 광경이 눈에 선하게 보인다. 그때 같이 갔던 도반들은 모두 고인이 되었고, 약국을 하는 친구와 나만 남았다. 그들은 저 세상에서 다시 만났을까? 우리도 다음에 가면 만날 수 있을까?

새삼 그리워지는 소중했던 인연들이다.

남편이 먼 길을 떠나고 대엿새가 지났을 때 꿈을 꾸었다. 그이가 산 위에서 뛰어내려오고 있었다. 그때처럼 웃옷을 벗은 채였다. 나는 깜짝 놀라 웬일이냐고 생시처럼 물었다.

"스님 공양 올리고 오는 길이야."

나는 뛰는 모습에 놀라 넋을 놓고 바라보았다. 어느새 오셨는지 옆에는 벽초 스님이 옛날에 입었던 중의적삼 차림으로 환하게 웃고 계셨다.

그때 저쪽에서 어떤 사람이 지게에 복숭아를 한 광주리 지고 왔다. 나는 몇 개를 사가지고 얼른 하나를 껍질 벗겨 남편에게 내밀었다. 여름에는 복숭아로 끼니를 때울 만큼 좋아하던 그이가 받지 않았다.

"왜 안 먹어요?"

그이는 아무 말이 없었다. 섭섭해서 주춤거리고 서 있는데 어느 순간 그이도 스님도 보이지 않았다. 나는 그만 그 자리에 펄썩 주저앉았다.

꿈을 깨고도 한동안 그 환상이 지워지지 않았다. 분명히 옛날 정혜사에서 보았던 그 광경이었다.

며칠 후 딸이 왔기에 꿈 얘기를 했다. 딸은 태연하게 말했다.

"제가 아빠에게 엄마 꿈속에 보여 주라고 간절하게 기도 드렸어요."

그래서였을까.

정혜사에 가지 못한 아쉬움에 창밖을 바라보고 있는데 버스가 덜컹거렸다. 버스는 다음 목적지인 개심사로 향했다.

사람은 갔어도 그와 함께했던 여행지의 추억은 남는다. 언제라도 그리움이 차오르면 다시 찾아 나설 것이다. 그와 함께 했던 멀고 가까운 곳으로.

떡을 찌다

친정어머니는 가을이 되면 고사를 지성으로 지 내셨다. 그해의 수확을 감사하듯 제일 먼저 거 둬들인 곡식으로 떡을 찌셨다. 고사 날이면 부엌에는 사람 들도 얼씬거리지 못하게 하셨다. 고사가 끝나고 나면 나는 밤늦도록 골목길을 다니며 집집마다 떡을 나눠 주었다.

결혼하던 해부터 나도 해를 거르지 않고 고사를 지내고 있다. 한 해를 무사히 넘긴 것에 대한 감사와 다가올 한 해를 무병 무탈하게 지냈으면 하는 기원이 담긴 연중행사 라고나 할까. 마침 시아버님 기일이 시월 초아흐렛날이라 고사 날로 정했다. 조상님께 올리는 우리 집만의 의식이 다. 큰집은 원불교 집안이라 제사상을 차리지 않기에 제 사 지내고 나누어 먹는다.

어설프게 배운 탓에 처음에는 실패도 많았다. 찰시루떡은 김을 올리기가 수월치 않아 대부분 방앗간에서 맞춘다. 그러나 나는 고사떡만은 정성을 기울여 손수 집에서 찐다. 무엇보다 좋은 쌀을 써서 뜸을 푹 들이고 나면 쫀득한 맛이 떡집에서 해 온 것과 다르다. 또 들큰한 맛보다 소금 간만 하여 본래의 담백한 맛을 낸다. 그것을 가까운 이웃들에게 나누어 주고 나면 마음이 흐뭇해진다. 어머니가 해 주시던 떡을 다시 맛보는 추억의 행사이기도 하다.

고사를 지내려면 몸을 청결히 하고 마음도 경건하게 가져야 한다. 이삼일 전부터 찹쌀과 재래종 팥을 티와 쭉정이를 고르고 벌레 먹은 것을 가려낸다. 오색 과일은 반듯하고 야무진 것으로 준비한다. 북어는 눈이 또렷한 걸로 두 마리 갖춰 놓고 막걸리와 양초도 마련한다.

고사 날은 대여섯 시간 전에 찹쌀을 깨끗이 닦아 찬물에 담가둔다. 팥은 바닥이 두꺼운 냄비에 물을 붓고 센 불에서 와락 끓여 쏟아 버린다. 첫물은 쌉쓸한 맛이 나기 때문이다. 중불에서 한소끔 끓으면 은근한 불에 푹 무르도록 오래 뜸을 들인다. 고슬하게 익었으면 식혀서 대충 으깨어 놓는다. 불린 쌀은 방앗간에 가서 빻아 체에 내려놓는다.

이른 저녁을 끝내고 정중하게 제의를 갖춘다. 오지 시루에 시루 판을 깔고 팥고물을 넉넉히 펴놓는다. 대접에 쌀가루를 담아 솔솔 뿌려가며 고르게 편 다음 그 위에 팥고물을 고루 얹는다. 떡 켜가 일정하려면 아래위 분량을 잘 가늠해야 한다. 큰 시루에 찔 때는 익혀 내기가 어려워 멥쌀과 찹쌀을 켜켜로 번갈아 앉혔으나 요즘은 찹쌀만 대여섯 켜를 찐다. 떡 켜가 올라갈 때마다 집안의 평안과 행복을 바라는 내 염원도 쌓여 간다.

떡 켜가 다 됐으면 시루에 맞는 큰 냄비에 물을 넉넉히 붓고 뚝배기를 가운데에 엎어 놓는다. 시루를 얹고 밀가루를 녹녹히 반죽하여 동그랗고 길게 늘여 시루 본을 붙인다. 돌려가며 꾹꾹 눌러 잘 붙여야지 바늘 틈새라도 김이 새면 낭패를 본다. 너무 세지 않은 불로 김을 올린 다음에 보자기를 덮으면 김이 삼베보자기 사이로 솔솔 빠져나가면서 익는다. 그렇게 익어야 시루 가장자리에 물이 고이지 않고 팥고물이 고슬하게 잘 익는다.

떡이 쪄지는 동안 잠시 숨을 돌리고 있으면 지나간 기억들이 꼬리를 문다. 고사떡 앞에서 허리를 펴지 못하고 절을 하시던 어머니를 결코 닮고 싶지 않았는데 나도 그렇게 하고 있다. 어려서 밤늦도록 놀다가 설핏 잠이 들었을 때 두드리는 대문 소리는 영락없이 고사떡을 가져왔다는 신호였다.

결혼을 하고 식구가 늘어 셋이 되고 넷이 되고 또 하나 보태어 다섯이 되는 10여 년. 내 젊음은 가고 아이들이 성장하면서 떡 켜가 쌓이듯이 내 꿈은 떡시루에 묻혔다. 아이들이 하나둘 일가를 이루어 식구가 늘어날 때마다 고사는 더 풍성하였다. 그리고 또 몇 년, 아이들이 더 멀리 떠나자 떡 켜는 더 이상 늘어나지 않았고 축제도 빛을 잃어갔다.

시루떡을 앉히고 삼십 분이 지나면 주방이 뿌옇게 김이 서린다. 구수한 팥 냄새가 온 집안에 퍼지고 피식피식하고 끓는 소리와 뚝배기 부딪치는 소리가 난다. 한 시간이 지나면 떡이 푹 내려앉는다. 막대젓가락으로 군데군데 찔러 보아 날가루가 묻어 나오지 않으면 다 익은 것이다. 그러고 나서도 불을 줄이고 한 삼십 분 더 뜸을 들여야 한다. 아이들이 어려서 떡을 하는 날은 저녁밥도 먹지 않고 떡이 언제 되느냐고 졸라대어 뚜껑을 자꾸 열어 보다가 설익은 떡을 떼어 내기도 하였다.

떡을 충분히 익히려면 불을 끄고도 한참 김을 빼야 한다. 시루 본을 떼어 내면 드디어 완성. 조심스럽게 뚜껑을 연다. 더운 김이 확하고 얼굴을 스치면서 풍겨 오는 구수한 냄새는 식욕을 돋운다. 말간 속살에 빨간 팥알이 선명하다. 서둘러 고사상에 떡시루가 올라가면 팍팍한 살림에 부자가 된 것처럼 흐뭇하다. 아이들은 빙 둘러서서 좋아라 박수치며 절을 하는 아빠 곁에서 뭣도 모르고 꾸벅꾸벅 따라 한다. 고사를 지내고 떡을 썰어 접시에 담아 방방마다 냉수 한 사발과 함께 갖다 놓는다.

그런 다음 넓은 교자상을 펴고 큰 접시에 떡을 수북이 담고 과일과 잘 익은 동치미도 곁들여 푸짐하게 한상 차려낸다. 막걸리로 건배를 하고 나면 아이들은 수저도 마다하고 떡 접시에 코를 박는다. 부모는 자식 입에 밥 들어가는 것을 보는 게 낙이라고 했던가. 가족들의 행복한 웃음을 보면 하루 피로가 상쾌하게 사라진다. 고사를 잘 지내고 나면 알 수 없는 충만감과 그날 밤은 단잠을 자게 된다.

이제 가을도 얼마 남지 않았다. 먹는 입도 줄어서 남편과 나뿐이지만 올가을에도 고사떡 찌는 건 거르지 말아야겠다.

벼랑 끝에서

10시가 넘어서야 서울에 도착했다. 초조했다. 마음이 현실 앞에 무참히도 곤두박질쳤다. 내 마음은 다시 벼랑 끝에 서 있었다. 아니, 내 삶의 삼분의 이가 벼랑 끝이었는지도 모른다.

내 힘으로는 감당할 수가 없어 찾아다녔던 산사만 해도 수십 군데, 가는 곳마다 기도를 부쳤다. 법당에 앉아 있으면 마음이 가지런해진다. 그러나 요즘은 한 해에 두어 차례. 어느 해는 그것도 빼먹곤 한다.

올해는 월악산 대광사에서 도반들이 월정사로 순례를 간다기에 따라나섰다. 충주에서 새벽에 출발하였는데도 월정사에 도착한 것은 정오. 일주문에 들어서자 눈꽃들로 치장한 전나무들이 양쪽으로 도열해 두 팔을 모아 읍하고 있었다. 융숭한 환대를 받아서인지 경직됐던 몸이 차츰 풀리는 것 같았다.

일정이 빡빡했다. 행로를 거슬러 적멸보궁부터 참배하기로 하고 산사를 나섰다. 사방이 눈으로 덮여 있고 겹겹이 얼어붙은 빙판길이었다. 오랜만에 맞닥뜨린 눈과의 전쟁. 한라산을 오르다 성판악에서 눈보라를 만나 포복을 하고 기어서 내려왔던 일. 섣달그믐밤 죽산 명적암을 오르다가 눈 속에서 길을 잃고 헤맸던 기억이 나자 우선 무서웠다. 하지만 이 또한 내가 감내해야 할 길이다.

아이젠을 하고 나무지팡이를 주워들었다. 날씨가 매섭기는 해도 바람은 잠잠했다. 가슴이 뻥 뚫리는 것 같았다. 보궁까지는 어림잡아 오리 길. 중대로 올라가는 길은 가팔랐다. 양옆은 깊이를 알 수 없는 낭떠러지. 그런데도 오를 때마다 알 수 없는 충만감을 느끼는 것은 어찌된 일일까.

앞사람만 보고 부지런히 따라 올라갔다. 주위를 돌아볼 겨를이 없었다. 올라가면 뭔가 이루어질 것 같았다. 내 삶도 그랬다. 한 치의 여유도 없었다. 크고 작은 바람이 수시로 불어닥쳤다. 기도에 매달렸지만 참회하는 마음보다 원망이 앞섰다. 역경은 피해 갈 수 없는 숙명이란 걸 알았다. 막다른 길에 부딪쳤을 때 기도는 절박했지만 그것도 잠시, 마음을 내려놓기가 쉽지 않았다.

산 중턱쯤 올라갔을까. 무릎이 시큰거렸다. 몸이 내 의지를 시험하는 것 같았다. 그때 독경 소리가 가까이에서 들렸다. 휘청하던 다리에 힘이 솟는 것 같았다. 주위를 둘러보니 길 굽이마다 스피커를 설치해 놓은 것이다. 나 같은 하근기 사람에게 일심으로 정진하라는 뜻일 게다. 석가모니불을 독송하다 보니 발걸음이 가벼워지고 마음은 벌써 법당에 가 앉아 있는 듯 편안했다.

정상에 올라 고개를 들자 멀리 눈 덮인 비로봉이 지붕처럼 납작하게 보였다. 산꼭대기에 올라가면 사람 사는 게 쉬워 보이는 것 같다. 법당에는 친견하러 온 사람들로 발들여 놓을 틈이 없었다. 간신히 비집고 들어가 한쪽에 서서 삼배를 하고 부처님 진신사리를 보자 왈칵 눈물이 쏟아졌다. 퍼져 앉아 응석이라도 부리고 싶었다.

서둘러 내려오는 길. 올라갈 때는 보이지 않던 사물들이 눈에 들어왔다. 산은 침묵 속에서도 많은 이야기를 숨겨 두고 있었다. 안개 속에 숨어 있는 산봉우리들. 얼어붙은 눈을 걸친 사이로 강인한 골격을 스스럼없이 드러낸 수목들. 고행승처럼 서 있는 그들에게 경외심마저 들었다.

자연은 천가지의 형상 속에 그 모습을 드러냈다. 오르막과 내리막길은 우리가 사는 길을 가르쳐 주었다. 깊은 계곡의 나무들은 곧게 서 있지만 벼랑 끝의 나무는 허리가 굽었다. 곧은 나무가 성자처럼 우뚝 서 보이는 것과 달리 굽은 나무는 묵언수행을 끝낸 수행승처럼 의연했다. 모든 것을 버린 모습에서 나는 빈 마음을 배웠다. 처처에 부처가 있는 것을.

앞만 보고 외눈박이로 살아왔다. 세상을 내 잣대로만 보았다. 남의 아픔을 헤아리지 못하고 내 설움만 토로했다. 내게 닥친 시련도 내가 빚은 결과라는 걸 인정하고 싶지 않았다. 마음을 열고 실상을 바로 보면 세상이 달리 보이고 허물도 가슴에 품어지는 것을, 나는 그러지 못했다.

계속 내리막길. 바닥을 분간할 수 없는 벼랑 끝에 서니 섬뜩했다. 그러나 두렵지는 않았다. 내 인생이 벼랑 끝의 연속이어서였을까. 아니면 구차한 욕심들을 조금쯤 내려놓은 후라서였을까. 그도 아니면 뛰어내릴 각오가 되었을까. 다소 과장된 표현일지 모르지만 실수로 떨어져 산화한다 해도 내 인생 이제는 후회 같은 건 없을 것 같았다.

일상에서 줍는 작은 행복

어둠 뒤에 밝음이 오듯 봄이 오니 새싹들이 눈 길을 끈다. 우리 삶도 희망은 한 점도 보이지 않고 두려울 때가 있다. 누구도 그런 나를 이해하려 하지 않고 혼자서 캄캄한 터널 속에 갇혀 있던 그런 시간들. 누구에게나 한 번쯤 시련의 시간들이 있다.

그러나 죽을 것같이 힘들고 두렵던 그런 시간도 그 고비가 지나면 다시 눈부신 햇살이 보인다. 긴 겨울 끝자락 들풀 속을 비집고 솟아나는 새싹처럼. '고통은 지나고 아름다움은 남는다'는 르누아르의 말처럼.

길가 어디에나 모여 피는 들꽃들, 인간의 인위적인 노력에 의해 성장하는 꽃보다 제 스스로 피어나는 들꽃이 나는 더 아름답다. 잔디가 아니라도 한 귀퉁이에 자리잡은 클로 버의 반짝이는 잎들. 나는 선뜻 돌아서지 못한다. 누구에게 소유되지 않아서 누구에게나 소유될 수 있다.

폭염 속을 걷다가 작은 나무 그늘을 보면 고단한 몸을 뉘이고 싶다. 그럴 때마다 내 그늘에 누구를 뉘어 본 적이 있는가 하고 생각하게 된다. 지루한 여름 장마 끝에 반짝하고 해가 들 때 나팔꽃의 상쾌한 인사에서 시름을 잊는다. 소나기가 한바탕 지나간 후 길게 원을 그리며 나타나는 영롱한 무지개를 보면 희망이 솟는다.

황금 들녘을 보면 허기졌던 감성이 되살아온다. 내가 수고한 결실은 아니지만 튼실한 열매를 보면 모두 내가 가꾼 열매같이 뿌듯하다.

정적에 싸인 산사에서 싸늘한 바람을 폐부 깊숙이 들이마신다. 천지가 순백의 눈으로 덮였을 때 느끼는 이 포근한 안식. 그리고 흩어졌던 상념을 다시 끌어안는다.

시선을 너무 멀리 두고 걸으면 자칫 넘어지는 수가 있다. 너무 가까이 두면 방향을 잃는다. 매사 적당한 거리에 두는 것이 좋다. 행복은 얼마만큼 많이 가졌는가에 달려 있는 게 아니다. 얼마만큼 누리느냐에 있다. "위에 견주면 모자라고 아래에 견주면 남는다"는 말이 있다. 자기가 할 수 있는 일을 하며 마음을 나눌 때 물질은 그림자처럼 따라온다.

소소한 행복은 일상 속에서 만난다. 갓난아기를 씻기고 난 후 살갗에서 풍겨 나오는 비릿한 냄새, 집안 곳곳에 묵은 먼지를 털어내고 땀을 씻을 때 느끼는 나른한 피로감, 샤워를 하고 흐릿한 거울 속에 비친 내 모습에 허탈한 웃음 같은 것. 하루 일을 끝내고 느긋하게 침대에 누웠을 때 차창에 스며든 달빛의 포근함에서 안식을 얻는다.

행복은 도처에서 만난다. 무심히 지나칠 일도 마음을 주면 달라 보인다. 예방주사를 맞고 나오며 줄서 있는 사람을 보면 마음이 놓인다. 가쁜 숨을 몰아쉬며 계단을 올라오는 사람을 볼 때 내려가는 내 발걸음이 가볍다. 지하철 노선이 낯설어 살며시 물어보는 사람이 고맙다. 허리 굽은 할머니가 버스에 오를 때까지 느긋하게 기다려 주는 기사를 보면 흐뭇하고, 산비탈을 돌아 힘겹게 암자를 찾았을 때 안심한다. 상대방에게 베풀었던 작은 친절이 웃음으로 돌아올 때 가슴이 뿌듯해진다.

사람들은 대개 행복을 외부에서 찾으려 한다. 행복은 자기 안에 있다. 행복이란 최소한 있어야 할 것이 있어야 한다고 하나 그건 개인에 따라 기준이 달라진다. 다만 행복이란 버리지 않으면 채워지지 않는 물과 같다는 사실이다. 내 손에 들고 있는 것을 놓지 않으면 다른 사람과 손잡을 수 없다. 다른 사람이 행복하지 않으면 나도 행복할 수 없고, 내가 사랑을 주지 않으면 나도 받을 수 없다.

누구나 한때 출세나 부와 같은 거창한 것에 마음을 빼앗겨 본 경험이 있을 것이다. 가진 게 없어도 부끄러울 것이 없을 때 가장 행복하다는 사실을 늙어서야 겨우 깨달았다는 사실이 조금은 아쉽다.

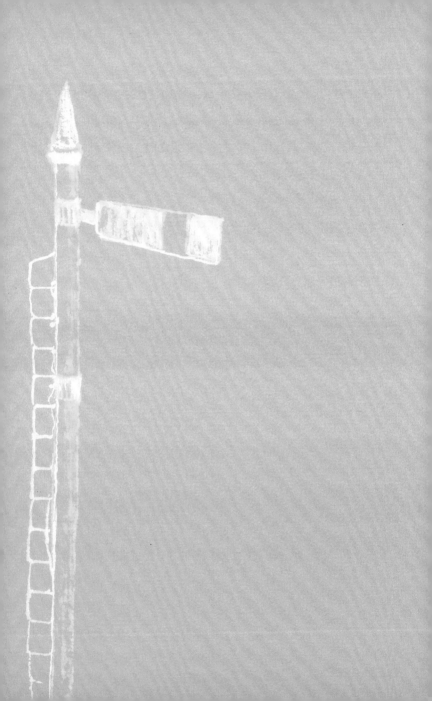

2. 어머니의 목소리

어머니의 목소리

아이들이 한바탕 떠들고 간 집안이 썰물이 빠
져나간 갯가마냥 적막하다. 내가 고향에서 어
머니를 뵙고 돌아오는 날도 그랬을 것이다. 빨리 올라가
라고 재촉은 하시면서도 어머니 얼굴에는 늘 외로운 그림
자가 따라다녔다.

오늘 밤은 나 역시 그렇다. 울컥하고 올라오는 심사를
다스리는 데는 다른 방법이 없다. 문갑 속에서 녹음테이프
를 꺼내 틀었다. 녹음이 잘 되지 않아 끊겼다 이어지기를
반복하지만, 이 세상에서 다시 들을 수 없는 생전의 어머
니 음성이기에 나에게는 다시없는 소중한 선물이 되었다.

애절한 독경 소리 속에는 퇴적층처럼 쌓인 소망과 절망
으로 얼룩진 어머니의 인생과 역사가 오롯이 들어 있다.

딸애가 첫 월급을 탄 해이니 어머니 연세 팔십이 넘었을 때다. 어머니는 외손녀가 드린 폭신한 내의보다 훌쩍 커버린 딸애를 더 대견해하셨다. 조부모를 보지 못한 딸은 오직 한 분 생존하신 외할머니를 끔찍이도 따랐다. 오랜만에 만난 조손은 밤이 이슥도록 정담을 나누었다. 늦게야 잠자리에 들었는데도 새벽녘이 되자 어머니는 목욕재계하고 법복을 갈아입더니 독경을 시작하셨다.

몇십 년 동안 해 온 독경이라 익숙해서인지 숨넘어갈 듯 어찌나 빨리 읽는지 알아들을 수가 없었다. 천수경을 읽고 아미타경이 끝나자 어머니는 오체투지로 절을 하면서 발원하셨다.

"내 속에서 태어난 팔남매에 딸린 식구들 한 사람도 빠짐없이 오늘도 무탈하게 해 주십사고 부처님 전에 비옵니다."

하면서 큰아들 식구부터 차례대로 호명을 하기에 혹시나 했더니 놀랍게도 하나도 빼지 않고 기억하셨다.

기도가 끝나고 어머니는 실타래 풀듯 살아오신 얘기를 꺼내 놓으셨다. 외할머니가 사남매를 낳고 외할머니가 일찍 돌아가시자 어머니는 훈장이셨던 외할아버지를 모시고 어려운 살림을 꾸려 갔다. 외삼촌 둘이 독립운동을 한다고 집을 나간 후 생사를 모르게 되자 외할아버지마저 열네 살 때 돌아가시고 남매는 이모 집에 얹혀살게 되었다.

열두 살 때 마을교회에 이화학당에서 나온 '김의정'이란 여선생에게 언문을 배우고 외할아버지가 아이들 가르치시는 방 뒤에 숨어 한문을 익혔다. 그때 글을 배우지 않았더라면 불경을 어찌 읽었을 수가 있으며 오랜 세월을 견딜 수 있었겠느냐고 그 일을 두고두고 고마워하셨다.

그리고 열아홉에 층층시하에서 시집살이했던 20여 년, 가슴에 담아 두었던 사연들을 실타래 풀듯 풀어놓으셨다. 그때 딸아이가 무슨 생각이 들었는지 녹음을 해 놓은 것이 후일 이렇게 소중한 선물이 될 줄이야.

팔남매를 가르치고 오붓하게 살아보자는 아버지의 뜻을 받들어 힘들게 살림을 일궈놨으나, 오십하나에 아버지가 돌아가시자 어린 자식들을 떠안게 되었다. 눈물도 나지 않고 앞이 캄캄하더란다. 큰아들에게 통째로 살림을 맡기고 그 속에서 육남매를 짝 찾아 보낼 때마다 눈물샘이 마를 날이 없었다. 기쁜 일보다 가슴 칠 일이 더 많았던 인고의 세월들. 아버지가 돌아가시면서 어머니 몫으로 땅 한 떼기 남겨 놓지 않았다는 원망도 풀어놓으셨다. 그동안 우리에게 '남편은 하늘'이라던 어머니가 순종과 희생을 한으로 생각할 줄은 몰랐다.

　내가 대학에 가려고 식구들 몰래 수시원서를 내놓고 밤기차를 탈 때도 어머니에게 말하지 못했다. 합격통지서를 받고 나서야 알게 된 어머니는 대견해하시면서 오빠들에게 허락을 받아 주셨다. 그때 어머니의 기대에 어긋나지 않게 잘 살겠다고 다짐했다.

　그러나 운명이었는지 나의 인생도 어머니와 별반 다르지 않았다. 가부장적인 아버지와 남편은 성격이 같았다. 원칙적이고 보수적인 남편은 아이들에게 엄격해서 나는 그 사이에서 갈등하면서 어머니의 삶을 기억하며 참아냈다.

　나도 나이가 들으니 요즘은 남편에게나 아이들에게 서운한 마음이 들 때가 있다. 어머니가 서운했다는 말씀을 할 때 나는 위로한답시고 그냥 잊으라고만 했지 그 긴 세월 어머니의 고통과 외로움을 헤아리지 못했다. 어머니는 처음부터 그 나이가 된 여자인 줄로만 알았다. 모든 걸 자식에게 희생하고 인고하는 걸 당연시했다. 철이 들어서도 눈을 속이고 친구 따라 밖으로만 돌아다녔고, 사랑 따라 훌쩍 떠나왔다. 늘 "너도 자식이 커야 어미 마음을 알게 될 거다"는 말씀이 가시가 되어 가슴을 후벼댈 줄 이 나이가 되어서야 실감한다.

어머니는 자식들에게 위로받지 못하고 부처님에게 매달렸다. 돌아가실 즈음에는 모든 걸 인연법으로 받아들이고 아주 평안히 놓으셨다.

나는 지금도 울적할 때면 육성 녹음을 듣는다. 작은 목소리로 조곤조곤 말씀하시는 걸 듣고 있으면 살아 계신 듯 착각에 든다. 사람들은 왜 한 번뿐인 인생을 후한 없이 살 수 없을까. 우리는 작은 노여움에 소중한 마음을 잃고 산다.

애써 가르쳐 놓았더니 보고 싶을 때 편지 한 장 보내지 않는다고 나무라시던 말씀이 생각나 띄울 수 없는 참회의 편지를 썼다. 못다 한 효도는 다음 생에 반드시 하겠노라고 맹세도 했다.

정비석은 말했다.

"오월에 꾸는 꿈은 그것이 아무리 고달픈 꿈이라도 사랑의 꿈이 아니어서는 안 되는 것."

이제 지나간 세월이 험난했다 해도 살아 있다는 것은 행복한 일이다. 어머니의 목소리를 꺼내 보는 오월은 그래서 더 푸르다.

지금도 목에 걸리는 엿

6·25가 다가오면 아직도 가슴이 내려앉는다. 살아가면서 알게 모르게 지은 죄가 무수히 크지만, 더러는 잊히고 더러는 기억하고 있다. "천만 군사를 속여도 내 마음은 속일 수 없다"는 말이 있듯 머릿속에서 지워지지 않는 원죄는 고통으로 남아 있다. 나에겐 6·25의 참담한 사연보다 더 치욕스런 사건들이 있다.

우리 집에는 큰 돌로 쌓아 만든 큰 지하실이 위아래로 둘이 있었다. 가을이면 높은 사다리를 놓고 과일상자를 스무 개나 쌓고도 서너 자는 남을 정도로 깊었다. 여름철이면 텅 비었던 지하실은 6·25 때 인근 사람들의 피난처로 큰 역할을 했다. 서울에서 피난민이 몰려왔을 때만 해도 온양에서는 대피할 생각을 하지 않았다.

얼마 후 연합군 쌕쌕이가 밤낮으로 폭격을 해대자 집집마다 방공호를 파고 청년들은 숨을 곳을 찾아들었다. 미처 방공호를 준비하지 못한 시내 상인들은 가까운 우리 집으로 옷가지를 들고 맨발로 뛰어들었다. 육중한 철문을 닫을 수도 없을 만큼 초입까지 사람들로 가득 찼다.

밖에서는 사이렌 소리가 요란했다. 사람들의 웅성거리는 소리와 함께 발자국이 점점 가까이 다가오는 것 같았다. 컴컴한 지하실 속이라 더 무서웠다. 한쪽 구석에 웅크린 나는 숨도 크게 쉬지 못했다.

그것도 며칠, 긴박한 상황이 지나자 나는 슬그머니 호기심이 났다. 겁에 질려 뛰어온 사람들의 일그러진 표정이 우습고 재미있었다. 창고 문을 두드리는 데도 얼른 열어 주지 않고 문 사이로 밖을 내다보는 여유가 생겼다. 골탕을 먹이고 텃세를 부리기도 했다. 공습경보 사이렌이 얼마나 긴급한지 알면서 공포 속에서도 스릴을 즐겼다.

그러던 어느 날 인민군들이 우리 마을까지 쳐들어왔다. 우리 집은 앞마당이 크고 넓었다. 인민군들은 집을 통째로 사무실로 쓰고 곡식창고를 빼앗았다. 어머니와 언니가 그들에게 밥을 해 주는 바람에 어른들과 오빠들은 무사했다.

한시도 마음놓을 수 없는 무섭고 떨리는 여름을 지내고 가을에야 겨우 피난을 갔다. 어른들과 큰 사람들은 수확하느라 남고, 큰집과 작은집 아이들 열서너 명이 작은어머니를 따라 갔다. 우마차에 이삿짐과 쌀가마니를 싣고 다른 마차에는 어린 동생들이 탔다. 나는 마차 뒤를 따라가면서 얼마나 동생들이 부럽던지. 새벽에 떠나 공주 근처 유구라는 산골 마을에 밤늦게야 도착한 걸 보면 하룻길이었나 보다.

큰고모 사돈댁인 주인은 착하고 후덕하였다. 아이들이 야단법석을 떨어도 언짢은 내색을 하지 않았다. 추워서 밖에 나갈 수가 없어 종일 방안에서 뒹굴었다. 날씨가 풀리면 밖에 나가 딱지 치고 연 날리고 자치기를 하고 놀았다. 밤에는 전기가 들어오지 않아 석유등잔을 켰다. 초등학교 일학년. 피난 덕에 나는 사촌오빠들과 어울려 거칠고 극성스런 계집애가 되었다.

아이들이 많다 보니 간식거리가 넉넉지 않았다. 골이 깊은 고장이라 가게라곤 한 곳밖에 없었다. 그것도 석유와 설탕, 소금 같은 생필품이 고작이고, 간식이라곤 알록달록하고 둥근 알사탕뿐이었다. 돈이 떨어진 우리는 작은 어머니에게 얻어먹을 궁리로 머리를 맞대고 킥킥거렸다.

하루는 밖에서 놀고 있는데 나보다 두 살 위인 사촌오빠가 엿을 사 주겠다고 불렀다. 나와 동생들 대여섯은 좋아라 따라나섰다. 시골집은 이웃이 멀리 떨어져 있고 초가집들이 비슷하여 찾기가 어려웠다. 한참을 헤매던 오빠가 길모퉁이에 멈춰 섰다. 사립문을 열고 들어간 오빠가 주인을 찾았다. 어른은 보이지 않고 곱상하게 생긴 예닐곱 살 또래의 남자아이가 우리를 멀거니 쳐다보았다. 사방을 둘러보니 오른쪽 툇마루에 둥글넓적하게 만든 붉은 엿이 목판에 반쯤 담겨 있었다.

우리는 군침을 흘리며 기다렸다. 오빠는 엿은 사지 않고 주춤거리더니 왼쪽 뒤꼍으로 갔다. 나는 오빠가 뭘 하는지 궁금했다. 가만히 지켜보았더니 시꺼멓게 찌든 창호지 문을 손바닥만 하게 찢었다. 그러더니 아이 앞으로 왔다.

"옛다, 돈이다."

오빠는 찢은 종이를 내밀었다. 우리는 아무 말 못하고 동정을 살폈다. 아이는 잠시 멈칫하더니 그걸 받아들고 손바닥만 한 엿 한 반대기를 집어 주었다. 순식간에 일어난 일이었다. 엿을 낚아채듯 받아든 오빠가 튀었다. 우리도 따라 튀었다. 어른한테 잡히면 어쩌나 겁이 났다. 한참 도망치다가 돌아보니 따라오는 사람이 없었다. 한숨을 돌리자 도망치는 게 재미있었다. 엿을 어떻게 먹었는지는 기억에 없지만 그때 그 사건은 별 탈 없이 지나갔다.

다음 해 온양에 와서도 우리는 그 일을 대견하다는 듯 떠들어댔다. 철이 들어서야 그 일이 얼마나 무모한 짓인 줄 알았다. 순박한 산골 어린애를 속였다는 사실이 부끄러웠다. 그 애는 정말 돈을 몰랐을까. 착한 아이여서일까 아니면 우리가 무서워서 그랬을까. 아직도 수수께끼처럼 석연치 않다. 거짓인 줄 알면서도 나는 왜 오빠를 말리지 못했을까. 변명을 하자면 그때 돈이 없는데 붙잡히면 어떡하나 도망갈 생각뿐이었고, 그 후 갖다 줄 수도 있었는데 어리석게도 그 마음을 내지 못했다.

제 의지도 없이 어울려 행동했던 그 일은 돌이킬 수 없는 그림자로 따라다녔다. 차라리 배가 고파 남의 밥을 훔쳐 먹었다면 동정을 받을 수 있다. 상대가 어린애가 아니었다면 이해받을 여지도 있다. 공포 속에서 스릴을 즐긴 만용의 대가는 용서받을 수 없다. 용서란 타인에게 베푸는 자비심이기보다는 흐트러지려는 내 마음을 거두어들이는 일이 아닐까 싶다.

그 사촌오빠는 몇 해 전에 세상을 떠났다. 나와 연배가 비슷한 그 애도 지금은 초로의 노년이 되었을 텐데, 엿을 빼앗긴 공포감을 아직도 기억할까.

순수했던 눈망울이 또렷하게 떠오를 때면 내 얼굴은 붉어져 온다.

딸애가 남기고 간 선물

워즈워스는 무지개를 보면 가슴이 뛴다고 했다. 나도 마찬가지다. 여름날 소나기 끝에 일곱 색깔로 피어난 무지개. 그걸 보고 있으면 몸은 가벼워지고 마음은 하늘을 날아올랐다. 어린 날 친구들과 무지개를 쫓다가 길을 잃었던 적도 한두 번이 아니었다.

큰애가 건강이 좋지 않아 힘겹게 대학 입시를 준비하던 여름이었다. 명적암 스님과 도반 대여섯이 부산 기장에 있는 용궁사로 방생을 가기로 했다. 새벽 첫차를 예매해 놓고 깜빡 잠이 들었다. 깨어 보니 기차가 떠날 시간, 배낭을 짊어지고 황급히 서울역으로 갔다. 마침 다음 열차가 떠나려고 하였다. 무조건 올라타서 자리를 잡았다. 등에서 식은땀이 흘렀다.

기차를 타고 한숨 돌리자 갈등이 왔다. 잘 찾아갈 수 있을까? 만날 수는 있을까? 허탕치면 어떡하지? 닭 쫓던 개처럼 초라한 내 몰골이 떠올랐다.

부산역에 내리자 소나기가 천지를 분간할 수 없이 퍼부었다. 우산은 바람에 날려 뒤집혔다. 택시도 없었다. 서글펐다. 한참 만에 택시를 잡아 기장에 있는 용궁사로 가자고 하니 '기장'은 알지만 용궁사는 모른다고 했다. 한 시간을 헤매다가 용궁사를 찾아가서 물어보니 바다 위에 지은 용궁사가 따로 있다는 것이었다.

내가 그곳에 도착했을 땐 기도가 끝나가고 있었다. 자리에 앉아 눈을 감았다. 얼마가 지났을까 갑자기 눈앞이 환하게 밝아 왔다. 어느새 비가 그치고 서쪽 하늘에 쌍무지개가 떠 있었다. 황홀했다. 아, 그 순간의 환희.

가슴이 뛰었다. 그해 큰애는 무난히 대학에 합격했다. 나는 그때 비로소 무지개를 내 안에 품었다. 그 후 세월이 지나 아이들은 제각각 짝을 찾아 내 곁을 떠나갔다.

연말에 딸네 가족이 휴식년으로 샌디에이고로 떠나게 되었다. 딸은 우리가 걱정되었던지 일 년은 잠깐 지나갈 거라고 몇 번이나 말했다. 모처럼 가족이 함께 공부할 수 있어 좋은 기회였지만 내 가슴에는 찬비가 내렸다. 그렇지 않아도 날씨조차 을씨년스런 한 해의 끝자락이다 보니 더욱 그랬다. 남편도 허공을 바라보는 날이 늘었다.

딸이 떠나던 날은 유난히 날씨가 맑았다. 잠깐 휴가를 가는 아이들처럼 서둘러 보내놓고 저만큼 머뭇거리는 딸을 피해 돌아서는데 눈물이 쏟아졌다. 나는 도망치듯 지하철 계단을 뛰어 내려왔다.

집에 돌아와 그대로 침대에 누웠다. 유리창으로 따사한 햇살이 얼굴 위에 내려앉았다. 눈이 부셔서 커튼을 치려고 일어서는데 천장에 환한 빛이 보였다. 자세히 들여다보니 일곱 색깔이 선명했다. 내 방에서 무지개를 보다니, 우연이었다. 그동안 수없이 왔다 갔을 무지개를 왜 나는 진즉 보지 못했을까. 정신없이 돌아가는 일상에다 아이들에게 눈이 가려서였을 것이다.

자세히 보니 둥근 베갯모만 한 무지개가 그것도 일곱 색깔이 뚜렷했다. 전에 하늘에 뜬 것을 본 것과 다른 감동이었다. 이리저리 살피면서 창문을 가려도 그것은 그대로 있었다. 책장 유리문을 막아서자 무지개가 없어졌다. 잠시 후 해가 멀어지면서 동전만큼 작아지다가 어느 순간에 사라졌다. 소중한 물건을 잃어버린 듯 허망했다.

다음 날 한낮이 되기를 기다렸다. 어느 순간 희미한 점 하나가 나타나더니 차츰 원을 그리면서 선명하게 고리 모양을 만들었다. 삼십 분간 생겼다가 소멸되는 작지만 신비로운 우주쇼. 그것은 내게 큰 기쁨을 주었다.

딸이 떠난 빈자리를 무지개가 채워 주고 있었다. 딸애가 떠나면서 나에게 준 선물.

헤어짐도 선물이 될 수 있다는 것. 그건 무지개를 만들어 낸 자연의 선물이었다.

마음을 들키다

요즘 현관을 드나들 때면 고개를 바로 들기가 민망하다. 후줄근히 서 있는 감나무가 자식을 잃은 어미처럼 측은해보여서다. 꼭대기에 까치밥을 넉넉히 남겨 두었는데 그것마저도 손을 탔는지 보이지 않는다.

새들조차 외면해 버린 앙상한 나무에서는 엊그제의 영화를 찾아볼 수 없어 마음 한구석이 허전해진다. 지나다니는 사람들의 심정도 그럴 듯싶다. 붉게 물들어 가는 탐스러운 감을 보는 즐거움이 사라져 버렸으니….

우리 아파트에는 감나무 다섯 그루가 있다. 앞 정원에 세 그루는 작고, 현관 출입문 옆 두 그루는 이층을 가릴 만큼 크다. 계단으로 내려가는 길목에 있어 지나다니는 사람들에게 철마다 즐거움을 안겨 주었다.

마른가지에 새순이 돋아 무성해지고 꽃을 피우고 열매를 맺어 기쁨을 주었다. 태풍에 어린아이 주먹만 한 감이 떨어질 땐 안타까웠다. 스스로 감당할 만큼만 달고 살기 위해 제풀에 떨어지고, 짓궂은 아이들의 표적이 되어 돌멩이 맞고 떨어지고, 하여 남은 열매는 절반도 되지 않았다. 남은 감만이라도 곱게 익어 가기를 바랐다.

처음 수확할 때의 기쁨을 잊을 수 없다. 아파트에 입주한 지 15년이 되었는데 3년 되던 해 처음으로 열댓 개가 열렸다. 아홉 가구가 사는데 고루 돌아가지 않아 시장에서 사다가 보태어 식구 수 대로 나눠 먹었다. 그 다음 해부터는 감이 많이 열려도 누가 관리도 하지 않고 관심도 갖지 않았다. 제 몫을 다하는 감나무만 뭇사람들에게 수난을 당했다. 작년에도 어떤 사람이 장대를 가지고 와서 거의 다 따가 버렸다.

해거리를 하면서 올해는 열매가 제법 많이 달렸다. 그때문에 오히려 더 많은 괴로움을 당하고 있었다. 어느 날 현관에 나가보니 나무 밑에 꺾인 가지와 돌덩이에 맞은 감들이 수북이 떨어져 있었다. 무엇보다 유리창이 깨질까봐 걱정이 됐다. 며칠 지나자 가장자리는 빈가지가 늘어났다. 서리를 맞아야 맛이 든다던데 감나무는 우리에게 기쁨을 주는 대가로 되레 혹독한 시련을 겪고 있었다.

아랫집 아주머니가 다 없어지기 전에 빨리 따야 한다고 성화를 대었다. 관리소에 연락했더니 경비원 두 분이 와서 익지도 않은 감을 모두 땄다. 다섯 나무에서 세 접 가까이나 수확하여 관리소에 절반을 보내고도 주민들이 넉넉히 나누었다.

그러나 마음이 씁쓸했다. 여름내 더위에 시달리면서도 제구실을 다한 나무들에 대한 예의가 아니었다. 익지도 않은 감은 영양가도 적을 뿐더러 집안을 아름답게 꾸며 주는 것도 아니었다.

어렸을 때 우리 집 과수원에도 가을이면 사과서리를 많이 맞았다. 울타리 근처에 있는 나무에는 사과가 남아나지 않았다. 촘촘한 아까시나무 울타리를 넘어 들어오는 남학생들을 보고도 나는 모른 체했다. 개구멍으로 기어들어오는 어린아이들이 들키지 않도록 개구멍 가까이 사과를 밀어 놓았다. 그때는 호기심보다 사과가 먹고 싶어서 그랬을 시절이었다. 그러나 지금은 감을 따가는 사람도 잠깐 견물생심이 생겼을 것이고, 아이들은 돌을 던져 감을 맞히는 치기를 부렸을 것이다.

나도 그런 사람들과 다를 것이 없다. 여름내 폭염에 감
잎이 시들어도 물 한 바가지 부어 주지 않았다. 꽃이 피면
들여다보고 여물어 가는 과정을 즐기기만 했다. 그러고도
익기도 전에 탐을 냈다. 빨리 따야 하는 다른 이유를 들이
댔지만 사실은 나도 다른 사람이 일찍 따갈까 봐 조바심
이 났다.

감나무를 생각했다면 서리가 내리고 열매가 곱게 익을
때까지 지켜보며 사람들과 기쁨을 함께 했어야 옳았다.
어릴 적 마음밭보다 더 좁은 내 소견을 들켜 버린 부끄러
운 날이었다.

복사꽃 같던 영순이

복사꽃은 멀리서 바라봐야 더 아름답다. 다소 곳하면서도 육감적인 복사꽃의 화사한 자태는 사람을 들뜨게 만드는 묘한 마력이 있다. 맑고 순결한 매화나 배꽃은 가까이서 보아야 그 멋과 운치를 즐길 수 있다.

그래서 매화나 배꽃은 선비들의 사랑을 받아 집안 가까이 두었고, 복사꽃은 귀신이 붙는다고 담장 밖이나 동구 밖 멀리 심었다. 또 동쪽으로 뻗은 가지는 병마나 귀신을 쫓는다는 주력이 있다고 믿었다.

지금은 흔적조차 찾아볼 수 없지만 우리 집 과수원 둔덕 밑에도 봄이면 복사꽃이 불타올랐다. 달 밝은 밤 봄바람에 하늘거리는 분홍빛 꽃길을 나는 영순이와 거닐었다. 그때 우리의 이별이 예고되었던가. 영순이는 꽃다운 나이에 꽃비처럼 가버렸다.

그녀는 우리 앞집에 살았다. 나의 유일한 소꿉친구였다. 나보다 두 살 아래지만 동그란 얼굴에 야무진 몸매가 조숙했다. 공부가 싫어서 초등학교 3학년을 다니다 말고 장사를 하는 부모를 대신해서 살림을 도맡았다.

6·25 때 서울에서 피난 내려와 우리 집에 세 들어 살던 곱상한 남학생이 있었다. 그는 누이와 자취를 하고 있었는데 영순이를 시켜 나에게 꽃봉투를 전해 왔다. 나는 늘 그녀와 같이 편지를 읽었고, 그 남학생의 집에도 함께 놀러갔을 때 서커스에 나오던 예쁜 소녀의 사진도 받았다. 그런데 언제부턴가 영순이의 편지 배달이 끊어졌다.

다음 해 그 남학생은 서울로 고교 진학을 했고, 방학 때면 내려와 우리 집 대문 앞을 서성였다. 남학생이 이사 간 후에야 영순이가 남학생을 좋아했었다는 사실을 알았다.

그 후에도 그녀는 싫은 내색 없이 나의 심부름을 해 주었다. 우편배달부의 편지를 미리 받아 주었고, 극장에 몰래 가려고 맡겨 둔 옷보따리를 챙겨 주고 식구들에게 들키지 않게 숨겨 주기도 했다. 더 고마운 것은 누구에게도 비밀을 발설하지 않았다. 방학이 되어 내려가면 살갑게 반겨 주고 고향 소식을 낱낱이 전해 주며 심부름을 해 주었다. 그는 나의 수호천사였다.

어느 해 여름 영순이와 우리 밭에서 복숭아를 따게 되었다. 남향 바른 가지에 솜털도 벗지 않은 탐스러운 복숭아가 발그레한 볼을 드러냈다. 봉지가 벌어진 사이로 햇빛을 받은 부분은 빨갛게 익었다. 가지가 휘어지도록 매달린 열매를 딸 때마다 까실한 털이 목덜미 속으로 들어갔다. 뜨거운 한낮에 복숭아 따는 일은 고역이었다. 복숭아는 수명이 짧아 시기를 잘 맞춰 따야 제맛을 즐길 수 있다.

우리 집 복숭아는 인분을 준 때문인지 유난히 맛이 좋았다. 요즘은 미백이나 유명, 대구보 같은 개량 품종이 많다. 그때는 백도나 수밀도가 주종이고, 중국이 원산지인 복숭아가 아메리카로 건너가 변종이 됐다는 황도는 귀했었다.

나는 물렁한 미백을 좋아해서 요즘도 여름이면 눈에 띄는 대로 사들이지만 아직도 그때 먹던 복숭아 맛을 찾지 못했다. 어쩌면 더 좋은 상품이 있으련만 그 시절의 추억을 잊지 못하기 때문인지도 모른다.

한참을 따다보니 온몸이 깔끄럽고 싫증도 났다. 우리는 먹기 내기를 했다. 누가 먼저 제안했는지는 모르겠으나 열 개를 먼저 먹는 사람이 승자라고 손가락을 걸면서 씩 웃었다.

양지쪽에서 햇빛을 흠뻑 받아 잘 익은 수밀도는 거짓말을 보태서 수박만큼이나 컸다. 우리는 복숭아 상자에서 제일 크고 좋은 것으로 스무 개를 골라 나무 밑에 놓고 퍼질러 앉았다. 씻을 틈도 없이 껍질을 훌훌 벗겨 한 입 베어 물면 단물이 주르르 흘렀다. 어떤 것은 꼭지에서 두 쪽을 가르면 씨만 동그라니 남았다. 서너 개까지는 맛을 알고 먹었지만 대여섯 개를 먹고 나니 배가 부르기 시작했다. 우리는 배를 움켜쥐고도 승부를 고집했다. 급기야는 한두 입만 베어 물고 집어던지면서까지 숫자를 채웠다.

"아유, 배불러, 열 개."

그러면서 우리는 잡풀이 듬성듬성 깔린 흙바닥을 뒹굴었다. 복숭아 열 개로 세상에 부러울 것이 없었던 행복한 날이었다. 이렇게 우리는 한여름 따분함을 객기를 부리며 무료한 시간을 달랬다.

영순이의 사망 소식을 들은 건 우리 아이들이 중고등학교 방학이 되어 고향에 갔을 때였다. 내가 결혼하고 몇 해 뒤에 그 애도 서울에서 신혼살림을 차렸다. 어려서부터 고생을 많이 했는데 다행히 금은방을 하는 신랑을 만나 살림은 넉넉하다고 했었다. 아이들이 어렸을 때는 우리 집에도 자주 오곤 했는데 한동안 소식이 끊기더니 병이 났던 모양이었다. 뒤에 들은 얘기로는 알뜰하게 살려고 무던히도 애를 썼는데 시집살이가 고단했었다고 한다.

지금도 복사꽃이 피면 환하게 웃던 영순이가 떠오른다. 비록 그녀는 가고 없지만 그와 남긴 추억의 자리는 아련하게 남아 있어 가끔 돌아보게 된다.

아름다운 소멸

정초 성북동 길상사를 다녀오는 길이었다. 어깨 위로 뭐가 툭 떨어져 만져 보니 손에 홍시가 묻었다. 주위를 둘러보니 길 옆 담장 안에 있는 감나무에 감이 빼곡히 달려 있었다. 한낮이라 얼었던 감이 녹아떨어진 것이었다. 길바닥에도 즐비하게 떨어져 있어 발에 밟혔다.

성북동은 왼쪽 언덕으로 조금만 올라가도 지근거리에 산동네가 보이지만 큰길가에 있는 집들은 성처럼 담장이 높다. 저택에 들고나는 사람은 좀처럼 볼 수 없어도 계절마다 연출하는 새로운 풍경을 건너다보는 것만으로도 즐겁다. 특히 가을이면 감나무의 등불 행렬이 장관을 이룬다.

가을걷이가 끝난 정갈한 들녘을 보면 먹지 않아도 배가

부르고 농부의 마음씨가 고마워 머리가 숙여진다. 그런데 손에 닿는 감도 따지 않다니. 그것은 마치 과년한 딸의 혼처를 서두르지 않는 것 같았다.

그 아랫집에 까치밥으로 여남은 개 남겨 놓은 것이 더 돋보였다. 쓸모 있을 때 소비시키는 것이 미덕일진대, 시커멓게 변해 버린 감이 구운 감자 같았다. 눈길을 마주하기가 거북스러워 황망히 눈을 돌렸다.

한때의 영광도 사람의 시선이 머무를 때 빛이 난다. 같은 유실수라도 누구에게는 관상수 역할을 하고 또 다른 누구에게는 수확의 기쁨까지 누리게 한다. 모진 추위를 견디며 잎을 틔우고 폭염에 시달리며 결실을 맺은 열매들. 기쁜 마음으로 수확하기를 바라며 기꺼이 내주는 것이 나무의 소박한 소망이 아닐까. 그것이 또한 바로 흔적을 남기지 않는 아름다운 소멸 아닐까.

그 집주인은 왜 감을 그대로 두었을까. 피치 못할 사정이 있는 걸까. 궁금했다. 감을 좋아하지 않아서일까. 아니면 노동의 대가보다 값어치가 없어서일까. 그도 아니면 공해 속에 달린 열매여서? 의문은 풀리지 않았다.

그때 어렴풋한 기억 하나가 머리를 비집고 나왔다. 우리 집 사과나무도 꼭대기에 달린 애송이는 따지 않았다. 여름 날 나무둥치에 기대어 올라다보면 햇빛 틈새로 신부의 부케처럼 피어 있던 꽃. 음지에서도 뒤늦게 예쁜 열매를 앙증스럽게 매달고 있었다.

따지 않은 감은 자연스럽지만 자연의 흐름은 어차피 소멸할 수밖에 없지 않은가. 감은 한번 열렸던 가지에서는 다시 열리지 않고 새 가지가 자라 열매를 맺는다고 들었다. 그 주인은 아름다운 심성을 가졌는가 보다. 감을 사랑해서 차마 따지 못하고 제 스스로 아름답게 소멸할 수 있도록 기회를 주었나 보다.

길을 가다 눈에 거슬리는 일이 있어도 멈춰 서서 그냥 '그런 일도 있구나' 하는 여유를 이제는 가져야 할 것 같다.

노을을 보며

어머니 제사를 모시러 고향에 가는 길이었다. 젊은 날엔 기차에 오르면 차창 밖으로 스치는 풍경에 흠뻑 젖었다. 지금은 심드렁하니 감흥이 일지 않았다. 책을 꺼내 몇 줄 읽었을 때 갑자기 눈앞이 훤해졌다. 창밖을 보니 구름이 높이 떠 있는 쪽빛 하늘에 붉은 노을이 길게 꼬리를 물고 서성이고 있었다.

장마가 길어서 맑은 하늘을 본 지도 오래였다. 시골에서는 해가 뜨면 낮이고 어두워지면 밤이려니 했다. 도시 거리는 밤에 더 불빛이 밝으니 보름달이 떠도 밝은 줄을 모른다. 마음을 두고 찾지 않으면 밤하늘의 보름달이든 서녘 하늘의 노을이든 빌딩숲에 가려 보이지 않는다.

어머니가 가신 지도 스무남은 해가 다 되었다. 처서가

지나고 나뭇잎들이 물기를 거두어 갈 때쯤 어머니는 노을을 따라 가셨다. 먼 서녘 동산을 물들이다가 한순간에 사라지는 노을처럼. 오랜 시간이 흘렀건만 노을을 보면 아련한 사연들이 그림이 되어 가슴을 서늘하게 한다.

사시사철 손이 많이 가는 과수원 농사는 가을이면 더 바빴다. 서리를 맞아야 따는 사과는 된서리를 맞기 전에 서둘러 수확해야 한다. 벼바심은 남자 일꾼들이 도맡아 했지만 다른 가을걷이까지는 손쓸 겨를이 없었다. 일손이 달리다 보니 잡곡들을 거둬들이는 일은 모두 어머니 몫이었다.

해가 어둑해져서 과수원 일이 끝나면 머슴들이 저녁을 먹으러 들어오는데 그때도 어머니는 앞마당으로 나가셨다. 일꾼들이 새벽참에 도리깨질해 놓은 콩을 키질하여 알곡을 추려내기 위해서다. 한 가마나 쓰는 메주콩과 일년 내내 집에서 만들어 먹는 두부콩까지 어머니는 밤늦도록 거둬들였다.

작달막한 키에 당찬 구석이라곤 찾아볼 수 없는 체구, 그 어디에서 그런 초인적인 힘이 나오는지 알 수 없었다. 먼동이 틀 때부터 하루 종일 몸을 혹사시켜 밤새도록 신음

소리를 내면서도 "죽으면 썩을 살을 아껴서 뭐하겠니" 하셨다. 어머니는 일하려고 태어난 사람 같았다. 당신의 몸은 돌보지 않는 어머니가 싫었고 이해가 되지 않았다.

그날도 학교에서 돌아오자마자 사과밭으로 갔다. 가을에는 부지깽이도 거든다는 말이 있다. 밤사이에 된서리라도 내리면 다 된 농사 낭패를 당하는 경우가 있다. 얼기 전에 사과 한 알이라도 더 따야만 했다. 일꾼들이 과일을 창고에 들여놓고 돌아간 뒤 나는 방에 들어와 언 발을 이불 속에 묻었다.

그때 밖에서 탁탁 두드리는 방망이 소리가 났다. 그때까지 어머니는 앞마당에서 콩을 털고 있는 모양이었다. 그 소리가 어찌나 거슬리던지 모른 척했다. 그러자니 좌불안석. 이때나 저때나 끝나려나, 창밖을 내다봐도 어머니가 요지부동이어서 좀 쉬었다 나가려고 했다.

서산에는 붉은 노을이 장관이었다. 노을이 그토록 아름다운 걸 처음 알았다. 아득히 산 너머로 기우는 노을을 바라보다 어머니가 밖에 계신 것을 까맣게 잊고 말았다. 얼마쯤 지났을까. 내가 놀라서 밖으로 나갔을 때는 이미 땅거미가 내려앉아 어둑어둑하였다. 그때서야 어머니는 허리를 펴고 일어나 함지박을 들면서 휘청거리셨다.

내가 노을에 물든 하늘에 마음을 빼앗기고 있을 때 어머니는 남은 노을빛에 한 알의 알곡이라도 더 거두려고 땅만 보았을 것이다. 당신은 일을 하면 만사를 잊는다고 하셨다. 외로움과 시름을 잊으려고 일에 빠져 있었던 걸 그때는 헤아리지 못했다. 어머니의 인생에는 일만 있고 여자로서의 꿈이 있기나 했었을까.

지금도 노을을 보면 눈시울이 뜨거워진다. 노을에 가려진 산등성이의 실루엣이 어머니의 굽은 등처럼 보였다. 그토록 닮고 싶지 않았던 어머니의 인생을 지금 내가 따라가고 있지나 않은지. 내 등도 반이나 굽었다.

그래도 고향 가는 길에 만나는 저 노을은 황홀하다. 사위가 어두워지는데도 저쪽 동산 비탈의 검은 나무들을 노을빛이 환하게 비추고 있다. 높은 산에 가려 어둡다가도 다시 산 밑에 붉은 꽃처럼 피어나 새로운 풍경이 펼쳐진다.

우리가 갈 마지막 세상도 저토록 아름다울까. 멀리서 바라만 봤던 노을.

노을 따라 수건을 두른 어머니가 느린 화면으로 지나가고 있다.

구원의 다슬기

내가 다슬기와 처음 만난 건 초등학교 때였다. 학교 가는 길목에 고동 장수가 있었다. 수업이 끝나면 으레 친구들과 종이깔때기 봉지에 담긴 고동을 사 들었다. 생선 곁에도 가지 않던 나. 그걸 좋아했던 것은 쪽 빨면 몸속째 딸려나오면서 쫄깃하게 씹히는 쌉싸래한 그 맛 때문이었다.

현충사 근처에 있던 외가에 가려면 큰 냇물을 건너야 했다. 유리처럼 맑은 물속. 여름이면 냇가에서 아이들이 깡통에 재첩이나 작은 송사리를 손으로 잡아서 담았다. 모래 틈에 사는 나사처럼 생긴 다슬기는 달팽이처럼 목을 내밀었다가도 건드리면 금세 몸을 숨기고 나오지 않았다. 할머니 집에 가는 날이면 그 놀이에 팔려 해가 설핏해서야 집에 돌아오곤 했다.

지난가을 몽산포에 갔다가 꽃지해수욕장에 들렀다. 을
씨년스런 날씨였다. 갯벌에는 굴 따는 아주머니들이 진을
치고 있었다. 해변에도 두꺼운 파카를 입고 검은 모자를
눌러쓴 아저씨가 조개와 다슬기를 삶아 팔고 있었다. 김
이 오르는 양동이에서 갯냄새가 물씬 풍겨 왔다. 비릿하
면서도 친숙하게 다가오는 정겨움. 순간 갯벌에 묻어 두
고 싶은 근심 한 자락이 비집고 나왔다.

결혼을 하고도 다슬기를 까맣게 잊었다. 마트에 가면 금
방 건져온 듯 싱싱한 조개들이 즐비했다. 다슬기처럼 작
은 것은 눈에 띄지도 않았다. 그러던 내가 다슬기를 다시
찾게 된 건 20여 년 전 남편이 만성간염 진단을 받고 나서
였다. 황당했다. 의사는 별다른 치료방법을 가르쳐 주지
않았다. 갑작스런 시련 앞에 나는 등대를 잃은 배가 되었
다. 그때 주위사람들이 다슬기가 효험이 있다고 알려 주
었다.

유년기의 추억이었던 다슬기가 그렇게 큰 존재로 나에
게 다가올 줄이야. 아차 싶었다. 그것이 조개 속의 진주란
걸 모르고 소홀했던 어리석음이 면구스러웠다. 그때부터

다슬기는 나의 구원자가 되었다. 지금은 생명의 은인이 되었으니 날마다 절이라도 하고 싶다.

성급한 마음에 남편에게 상의도 하지 않고 다슬기 원액 한 상자를 지방에서 택배로 받았다. 다슬기를 항아리에 담아 황토를 바르고 사흘 동안 왕겨불을 지펴 받아낸 다슬기 기름이었다. 한 팩을 뜯어 컵에 따르자 역한 냄새가 났다. 식성이 까다로운 그이에게 선뜻 권할 수가 없었다.

다슬기는 단백질이 많고 간과 담을 구성하는 청색세포가 들어 있다. 민물에 사는 웅담이라고 할 만큼 약효가 많다고 한다. 특히 삶았을 때 우러나는 파란 물은 에메랄드 빛처럼 매혹적이었다. 왠지 다슬기가 구원해 줄 것 같았다. 눈치를 보면서 갖은 입담을 늘어놓아도 못 들은 척하더니 남편은 오히려 버럭 화를 냈다. 그 후 원액은 냉장고 위 칸에서 빛을 보지 못했다.

그러나 포기할 수 없었다. 다슬기는 내게 신념 같은 존재가 되었다. 원액 대신 먹을 방법을 찾다가 청량리시장에 가서 살아 있는 다슬기를 사왔다. 다슬기는 상하기가 쉬워 살아 움찔거리는 걸 사야 한다. 소금물에 깨끗이 씻어 소쿠리에 받쳐 놓으면 머리를 쏘옥 내민다. 그때 끓는 물에 바로 삶아야 알갱이를 끄집어내기가 수월하다. 손이 많이 가는 일이라 번거롭지만 의식을 치르는 심정으로 한 알 한 알 정성을 다해 다뤘다.

다행히 남편은 맑은 다슬기탕을 좋아했다. 언제라도 먹을 수 있도록 일 년 열두 달 냉동실에 준비해 두었다. 올여름에는 장마가 길었던 탓에 큰 시장에서도 구하기가 힘들었다. 몇 차례나 헛걸음을 쳤다. 냉동시킨 것은 쉽게 살 수 있으나 맛이 떨어졌다. 산지에서 직접 배달하는 수밖에 없었다.

그 덕이었는지 한동안 병마를 잘 버텨 왔다. 하지만 때때로 풀기 어려운 시험지를 내밀었다. 대책이 없는 빗금이 늘어가면서 질병도 깊어 갔다. 긴 터널 속에서 앞이 보이지 않을 때면 지나온 길을 되돌아다 본다. 그러면 희미하게나마 앞이 보인다.

다슬기는 나의 구원의 음식이다. 오늘도 다슬기탕에 염원을 담아 부추를 넣고 한소끔 맑은국을 끓였다. 부디 그이가 하루 속히 쾌차하기를 빌면서.

다리

다리는 인류 역사에 많은 공헌을 하였다. 다른 지역과의 단절과 차단을 연결시켜 주는 다리는 자연을 극복하는 수단이었다. 계곡과 강 같은 장애물을 만났을 때 두 지점을 이어 주는 역할을 한다. 또 다리는 어떤 일을 할 때 중간에 거치는 단계나 과정을 뜻하고, 중간에서 양편을 소개하거나 관련지어 주는 사람을 말할 때 쓰이기도 한다. 그래서 다리를 지상의 무지개라고 부르는지도 모른다.

나루터에서 나룻배를 타고 강을 건너는 섬사람들. 작은 내에 섶나무를 얼기설기 엮어 만들었다는 섶다리. 얕은 개울에는 돌로 징검다리를 놓아 건너다녔다. 조선시대에는 큰 배 70여 척을 가로로 이어 묶은 뒤 그 위에 널빤지를 깔아 만든 배다리도 있었다.

문화의 발달과 더불어 다리도 많은 변화를 거쳤다. 옛날에는 건너다니는 기능에 중점을 두었지만 지금은 거기에 더해 문양으로 치장을 해서 예술품을 만들기도 한다.

다리란 그런 것만 있는 것이 아니다. 사물과 사물을 이어 주기도 한다. 생물이 살아가는 과정에도 다리가 필요하다. 꽃은 아름답게 보이려고 핀 것이 아니라 종족을 번식시키려는 본능에서 피어난다. 이때 나비라는 매개체, 즉 다리를 빌려 수정한다. 사람 사이에도 인연을 맺어 주는 매파가 있다. 물건을 판매하는 데도 다리가 되어 주는 거간꾼이나 브로커가 있기 마련이다.

그래서 다리는 더 나은 세상으로 나아가는 시대적 매개체가 되기도 한다. 선조들의 학문과 지혜는 후손들의 정신적 가교가 되었다. 언어는 문자를 통하여 작가와 독자에게 다리가 된다. 독자로 하여금 작가의 의도가 원활하게 소통될 때 그 작품은 감동을 준다.

다리는 희망이고 미지의 세계를 향한 그리움이다. 〈애수〉의 워털루 다리에서 마이러는 돌아올 수 없는 강을 건넌다. 사랑은 슬프게 완성되고 그 사랑은 영원하게 된다.

6·25 때 한강철교 폭파로 인한 비극은 역사에서 지울 수 없는 상처로 남아 있다. 전쟁에서 다리는 엄격한 경계선이 된다. 다리를 사이에 두고 적과 먹느냐 먹히느냐의 불꽃 튀는 쟁탈전이 벌어진다. 정복자에 의해 국가의 운명이 바뀌기도 한다.

이승과 저승 사이에도 망각의 강이 있고 거기에는 강을 건네주는 사공 카론이 있다. 아무 때나 가고 싶다고 넘어가는 게 아니다. 그런 다리는 아무도 원치 않을 것이니 신의 허락이라도 받아야 하지 않을까.

산다는 것은 매일매일 다리를 건너는 것과 같다.

'인생은 여러 개의 계단으로 된 층계'라는 말이 있다. 내 식으로 바꾸어 말한다면 '인생은 여러 개의 다리로 된 과정'이라고 하고 싶다. 그 위에서 많은 사람을 만나고, 아름다운 꽃도 보았다. 소나무 숲을 쓸고 가는 바람과 청량한 공기를 맡으며 영혼과 마주할 때도 있다. 때로는 폭풍을 만나 벼랑 끝에 떠밀리고 막막한 사막을 헤매기도 했다.

인생에는 수없이 많은 종류의 다리가 있다. 그런 연결의 다리, 만남의 다리 가운데서 가장 아름다운 다리는 아마

도 오작교가 아닌가 한다. 까마귀와 까치가 놓은 다리, 일
년 기다림의 다리로 해서 그리움이 더 참을 수 없는 지경
에 이르렀을 때 견우와 직녀는 은하수 위에 놓인 다리에
서 극적으로 만난다. 그러니 눈물이 어찌 없을 수 있겠는
가. 그것은 슬픔의 눈물이라기보다 기쁨의 눈물일 터이
니, 그런 기쁨과 행복을 안겨 주는 살아 있는 오작교가 되
었으면 싶다.

군불을 땐 따뜻한 방

내가 정관 스님을 처음 만난 건 30여 년 전이었다. 큰애 대학 입시 때 친구를 따라서 가게 되었다. 지금은 위용을 갖췄지만 그때는 허술한 법당에서 법회를 열었다.

산에서 나무를 해다가 불을 때고 산나물을 캐고 채소를 심어 자급자족했다. 방앗간을 만들어 손수 쌀을 빻아 떡을 쪘다. 스님은 낮에는 머슴처럼 일하고 밤에는 용맹정진하셨다.

동네 아저씨처럼 푸근한 스님은 둥글넓적한 얼굴에 큰 눈이 소처럼 우직해 보였다. 열일곱에 사미계를 받았다는 스님은 어떠한 역경에도 물러나지 않았다. 천성이 부지런하고 검소한 성품으로 충청도 사투리에 특유의 뚝심도 있었다. 불법에 어긋나는 행동에는 단호하셨다.

대광사는 40여 년 전 정관 스님이 월악산 국립공원 안에 있는 토지를 불하받아 주춧돌을 쌓아서 이룩한 사찰이다. 문경새재를 넘어가는 하늘재 오른편으로 조금 꺾어 들어가면 있다. 천추만대에 길이 남을 석축전 불사를 위해 큰 돌을 힘겹게 구해 원통형 기둥을 지금도 쪼고 조각하고 있다.

정관 스님은 평생 신행 생활을 몸으로 실천하였다. 불법을 알기 쉽게 깨우쳐 주고 행동으로 보여 주었다. 신도들의 아픔을 따뜻하고 편안하게 다독이고 요양을 돕는 일도 정성을 다하였다. 불사를 강요하는 일도 없었다. 신두들의 시주물이 빚이라며 정진을 게을리하지 않으셨다.

천일기도를 지속하면서도 선학원에서 강의도 하고 법회에도 소홀함이 없었다. 그 와중에도 산속의 일급수를 충주 시내에 배달해 주려고 몇 년 동안 날마다 급수차를 직접 몰았다. 눈이 많이 내릴 때는 산길을 뚫느라 하늘재까지 쓸었다. 그뿐이 아니다. 해마다 장마가 끝나면 신도 대여섯 명과 봉정암에 가서 며칠을 묵으며 길을 고쳤다. 패인 곳을 메우고 가파른 곳에는 모래를 깔았다. 장마에 떠내려간 냇가의 돌을 놓아 징검다리를 만들기도 했다. 아마도 미륵보살의 현신인가 싶을 정도였다.

부처님에게 바치는 공양은 수없이 많다. "무엇 때문에 힘든 일을 하시느냐" 하면, "누구라도 꼭 해야만 하는 일이라"고 거침없이 대답하셨다. 스님은 불사를 시작했으니 인연법에 따라 다음에 누구라도 완성할 것이라고 서두르지 않으셨다. 그러나 당신이 여유가 되는 대로 할 만큼만 열심히 한다고 하셨지만, 간혹 기도 중에 발원이 묻어 나오기도 했다.

몇 해 전까지 서울에서 도반 여남은 명이 다달이 법회에 참석하였다. 모든 일이 인연 따라 이루어지는지 지금은 나 혼자 다니는데. 그것도 일 년에 한두 번 정월에 가고 있다.

남편이 퇴직하고 몇 해가 되자 심사가 뒤틀리는 일이 잦았다. 어느 해 난생처음 가출이란 걸 했다. 막상 집을 나오니 마땅히 갈 데가 떠오르지 않았다. 오후 늦게 수안보에서 내렸는데 밤이 깊었다. 택시기사는 눈길이 미끄러워 대광사까지 못 올라간다며 공원 초입에 내려 주고 가버렸다. 어림잡아 십 리가 되는 거리. 그것도 밤길. 난감했지만 자처한 일이니 감수해야 했다.

절에 전화를 할까 하다가 터덜터덜 걸어 올라갔다. 가로에 표시등도 없고 지나다니는 차도 없었다. 한참 가다 보니 발에 딱딱한 게 걸렸다. 더듬더듬 만져 보니 시멘트로된 둑이었다. 오던 길을 되돌아가 미륵사지로 가서 다시찾아 올라갔다. 가늠이 안됐지만 무조건 갓길을 기어가는데 눈을 뒤집어쓴 나무들이 길을 비춰 주었다.

무심히 기도하면서 고개를 쳐드니 멀리 불빛이 보였다.

절에 당도하니 모두들 놀라워했다. 스님은 아무 말도 묻지 않고 아궁이에 장작불을 지피셨다. 다음 날 새벽 예불을 마치고 스님이 빙그레 웃으며 말씀하셨다.

"원망은 한쪽에서 쉬어야 끝이 나지요."

다음에 오게 되면 연락만 하라고, 군불을 때놓겠다고 하셨다. 격의 없는 친정오라버니 같은 인자함에 면구스러웠다. 그 후 다행히도 그런 일은 없었지만 지금도 가끔 군불을 땐 대광사의 따뜻한 방이 그리울 때가 있다.

3. 뛰는 여자

뛰는 여자

1.

내 별명은 뛰는 여자다. 뛰는 것이 습관이 되어 약속시간보다 일찍 나서고도 늘 불안하다. 길에서나 지하철에서도 자꾸 시계를 들여다본다. 친구들은 내 성격이 조급해서라고 하고 스스로를 구속한다고 말들이 많다. 심지어는 융통성이 없어서 그렇다고 나무라기도 한다.

젊었을 때 동네 아주머니들 사이에서도 나는 뛰는 사람으로 통했다. 저 여자는 땅만 보고 걷는다, 발뒤꿈치를 땅에 붙이지도 않는다느니, 한술 더 떠 날아다닌다고 뒤통수에 대고 수군거렸다. 어느 때는 직접 대놓고 흉을 봤다.

맞는 말이다. 원인은 나에게 있다. 솔직히 말하면 나는 올빼미형이다. 부득이한 경우를 제외하곤 오전에는 움직

이지 않는다. 옛 어른들은 "늦잠을 좋아하면 남의 밭을
갈아야 한다"고 했으니 늘 분주할 수밖에. 거기에다 오지
랖도 넓어 딱한 사정을 보면 그냥 지나치지 못하고 참견
을 하니 늘 시간이 모자라 허둥댄다. 말띠 값을 톡톡히 하
는 셈이다.

언제부터 이런 습성이 생겼을까. 어렸을 적부터 노상 뛰
면서 살다시피 한 습관 때문이었다. 부지런하셨던 아버지
는 먼동이 트면 집안 식구들을 흔들어 깨웠다. 어떠한 이
유에서건 거북이 같은 행동은 용납되지 않았다. 사람들이
뛰면 이유도 모른 채 나도 덩달아 뛰었다. 아버지의 근면
한 유전자를 받지 못한 나는 힘겨웠다. 혹독한 대가를 치
르고 단련이 되었지만 그 상황에서 벗어나고 싶었다.

내 인생은 그때 결정되었던가. 동작이 빠르면 운명도 따
라가는가. 선머슴마냥 뛰지 않으면 안 될 환경이 연속되
었다. 숙명이었는지 성격이 불같은 남편을 만났다. 그는
집을 비우는 걸 싫어했다. 외출했다 돌아오면서 뛰고 식
사시간 맞추느라 또 뛰었다. 오죽하면 우리 집 식사시간
은 법전에라도 올라 있느냐고 푸념을 했을 정도였으니까.

내게 '뛰는 여자'라는 별명은 일찌감치 붙었다. 큰아이

초등학교 첫 운동회 때였다. 달리기를 못한다는 뚱뚱한 학부형이 어깨동무를 하고 걸어가자고 했다. 여섯 명이 약속하고 출발했는데 조금 지나자 어떤 엄마가 대열에서 벗어나 앞서 뛰었다. 나도 엉겁결에 뛰다 보니 승부욕이 생겼다. 종착점에서 돌아보니 다른 사람들은 그때까지도 저만큼 뒤에서 걸어오고 있었다. 배신자가 되고도 뛰는 여자라고 놀려댔다.

뛰는 여자의 위력을 발휘한 때도 있었다. 큰아이가 일곱 살 때였다. 감기에 걸려 병원에 다녔는데도 일주일이 되도록 낫지 않았다. 기침소리가 컹컹 개 짖는 소리 같았다. 동네 의사는 디프테리아 같다고 큰 병원에 빨리 가보라고 했다.

눈앞이 캄캄했다. 택시를 잡을 겨를도 없이 아이를 들쳐업고 뛰었다. 신흥사 입구에서 혜화동에 있던 우석대학병원까지 서너 정거장을 뛰어갔다. 과장해서 초속 백 미터로 달렸던 것 같다. 진료실에 들어가자마자 의사선생님은 산소호흡기부터 끼웠다. 후두염인데 조금만 늦었으면 큰일날 뻔했다는 말에 나는 그만 주저앉고 말았다.

뒤돌아보면 내 인생의 반은 뛰고 살았던 것 같다. 그만큼 뛰었으면 사회적으로 큰일을 했거나 재물이라도 거머쥐었어야 마땅하련만 뛰어 봐야 벼룩이었다. 젊었을 땐 무엇을 향해 뛰어야 할지 목표가 있었다. 열심히 뛰면 내 몫이 많아질 거라 생각했었다. 그런데 이제와서 보니 그것이 겨우 내 몫을 지키기 위한 안간힘이었나 싶어 허망한 느낌이 든다.

남편은 젊어서부터 병원 출입이 잦았다. 꼼꼼한 성품인데도 예상치 않은 사고를 번번이 당하고 잔병도 달고 살았다. 그의 뒷바라지는 뛰지 않고는 배겨 낼 수가 없었다. 지금도 늘 비상대기중이다. 이러다가 죽을 때도 뛰어가지나 않을까 헛웃음이 나온다.

앞으로도 뛸 일은 그득 쌓여 있는데 내 몸이라는 차는 배터리도 다 된 것 같고 바퀴도 헛돌아 말을 잘 듣지 않는다. 걷는 임무도 수행하기 어려울 듯하다.

그렇더라도 삶은 계속되어야 하고 뛰는 성격도 바꾸기는 어려울 터. '뛰는 여자'의 영광까지는 아니더라도 별명값을 하기 위해 고장 난 차에 다시 발동을 걸어 본다.

"가자, 뛰는 여자야!"

2.

세찬 바람 속에서도 막판 선거가 불꽃처럼 달아올랐다. 사람마다 추구하는 정의가 다를 수는 있다. 그러나 대부분의 사람들은 보편적인 정의가 자리잡아 가기를 희망한다. 나는 결과보다 과정을 더 소중하게 여긴다. 어떤 결실을 맺든 간에 그 과정에는 똑같은 땀과 열정이 배어 있어서다.

스무 해 전 나도 선거판 같은 홍역을 경험한 일이 있다. 동소문 재개발로 공사현장에 인접한 우리 동네는 막대한 피해를 입었다. 담을 경계로 한 공사장에서 방벽도 치지 않은 채 암반을 깨는 폭파작업을 했다. 사람이 머리에 돌을 맞아 피를 흘리고, 주먹만 한 돌덩이들이 집안으로 날아와 장독과 거실 유리창이 박살났다. 언덕 위에 있는 대부분의 가옥은 수수깡으로 엮은 무허가로 허술한데도 안전대책도 전혀 돼 있지 않았다.

일상생활에 위협을 느꼈다. 몇 차례 몰려가 항의도 하고 안전대책을 요구했지만 고통을 감수하라고 했다. 남편이 집집마다 피해 상황을 찍어 경찰서에 고발하고 나서야 공사는 중단됐다. 며칠이 지나자 거미줄 같은 얇은 천을 치고 폭파를 계속했다. 구청에서는 시공사의 횡포를 인정하면서도 허울 좋은 법규만 들먹거렸다. 감독기관이 발뺌을 하는 이중성이 한국 관료의 현실이었다.

부당한 처사를 대처할 방법이 없었다. 주민들은 생업에 종사하느라 적극적으로 나서려 들지 않았다. 견디다 못한 남편이 총대를 메고 퇴근 후에 사방으로 쫓아다녔다. 막둥이가 대학을 입학하도록 대문 밖을 모르고 살던 나도 그때 또 '뛰는 여자'가 되어야 했다.

재개발에 대해 전혀 모르던 상황에서 정의만으로 뛰어들었던 투쟁은 고난의 연속이었다. 조합원을 대변하여야 할 조합 임원들은 시공사의 시녀 노릇을 하고 있었다. 키가 작달막하고 옹골차게 생긴 조합장은 언변이 좋았다. 차분한 목소리로 정당한 사유를 들어가며 우리를 회유했다.

"재개발은 법규에 따를 수밖에 없습니다. 피해가 없도록 조치할게요."

상투적인 말투에 화가 난 남편은 큰 소리로 말했다.

"법대로라면 당장 가림막을 쳐주시오. 피해를 입히지 말란 말이오."

몇 차례 실랑이가 오고가자 옆방에서 키가 큰 깡마르고

험상궂게 생긴 사람이 나왔다. 그는 우리를 아래위로 훑어보더니 신경질적으로 엄포를 놓았다.

"공사 방해하면 다 잡아 넣을 테니 빨리 돌아들 가시오."

너희가 무슨 힘이 있느냐는 듯 조롱하며 큰소리쳤다. 나는 겁이 나서 남편에게 돌아가자고 잡아끌었다. 그러자 남편은 불에 기름을 끼얹듯이 고함을 쳤다. 그러자 상대방은 조금 수그러드는 것 같았다.

수차례 무장상태를 하고 조합을 방문했다. 바늘구멍 하나 들어갈 틈도 없던 사람들이 타협을 해 오는 것 같다가도 어느 때는 벽창호같이 굴 때는 아무 소리도 들리지 않았다. 큰 틀에서 보면 서로 배역을 달리했을 뿐 인간의 도리를 벗어날 수는 없었다. 관계 기관과 수십 차례 협의를 갖고서야 일 년여 만에 상부상조하는 결론을 얻어 왔다. 본 구역에 추가편입이 승인되었다.

문제는 그 후부터 더 심각해졌다. 추가편입을 승인하고도 지분율을 더 낮추려는 시공사의 술수에 동조하는 조합 임원들. 본 조합원보다 더 많은 지분율을 받으려는 주민들의 이기심. 언제나 외부의 적보다 내부의 적이 문제. 이해관계에서는 한 치의 양보도 없는 주민들 간의 팽팽한

줄다리기가 계속되었다. 그뿐인가. 조합에서는 한 달 안에 전체 주민 90%의 동의서를 요구하고 빠른 시일 내에 제출하지 않으면 편입을 포기한다는 가당치도 않은 각서를 쓰라고 했다.

주민 대부분의 동의로 시작한 일이고, 입주를 목표로 공통분모를 가졌으면서도 합심이 되지 않았다. 막상 일이 진척이 되자 가입서류를 받으러 가면 문밖에서 비렁뱅이 취급을 하였다. 일부 주민은 사실도 아닌 모함과 훼방을 일삼으면서 협조해 주지 않았다. 심지어는 모욕적인 언사를 뒤통수에 대고 떠들어댔다.

"저 여자는 재개발을 하려고 태어났나 봐, ×××같이 뛰어다니는 걸 봐."

내 평생에 그런 수모를 당해 보기는 처음이었다. 잠을 자다가도 비가 오면 어느 집이 피해가 없는지 몸이 로봇처럼 움직여지는 오직 그 일을 위해 존재하는 사명감이 들었다.

사람의 마음을 사는 일은 고도의 설득력이 필요했다. 인내심의 한계를 느꼈다. 남편에게 그만두자고 여러 차례 애원했지만 절대로 포기할 수 없다고 했다. 밤낮으로 구원을 요청하는 주민들과 약속한 신의를 저버릴 수가 없다는 것이다. 그런 중에도 수고한다고 두 손을 꼭 잡아 주는 사람들이 있어 힘을 얻었다. 천신만고 끝에 공유지가 되어 한 짐이 되는 서류를 갖춰 조합에 넘겨주었다.

그리고 기약 없이 기다리는데 몸이 가을 잎처럼 메말라 갔다. 어느 날 남편이 허리 통증으로 쓰러졌다. 디스크 수술을 받고 20여 일, 회복도 되기 전이었다. 간병에 지쳐서인지 체중이 47kg이 되더니 나도 병원 신세를 지고 말았다.

그 사이 시공사는 주변의 필요한 땅을 흡수시키고 이득이 없는 지역은 경비를 풀어 보상해 주는 분열작전을 쓰고 있었다. 관리처분 규정대로 약속한 추가 조합원의 평형을 보장해 주려 하지 않았다. 결국은 고충처리위원회에 고소해서 승소를 받고 평형은 물론 분양가도 본 조합원과 똑같이 조정 받았다. 제아무리 술수를 써도 법 앞에 승복한 결과였다. 본질을 파고들면 올바른 정의는 맨주먹인 사람이라고 피해 가지는 않는다.

그때서야 반대하던 사람들도 합세하였다. 이듬해 3년여 투쟁 끝에 추가 조합원 220가구가 본 조합에 입주하게 되었다.

감언이설에 흔들리던 주민들을 설득하던 일은 힘들었다. 하지만 한 가지 일이 해결될 때마다 느꼈던 성취감은 감격이었다. 어떤 일이든 앞서서 일한 사람은 희생이 따르게 마련이고, 어떤 방법으로든 결과는 뒤따른다. 내 생애에 후회 없이 뛰었고 여러 사람에게 행운의 기회를 주는 데 보탬을 준 가장 보람된 사건이었다.

5년의 세월 끝에 드디어 동호수를 추첨하였다. 나는 아무 생각이 나지 않았는데 눈물이 흘러내렸다. 남편은 추첨함 속에 선뜻 손을 넣지 못하고 두어 번 망설이다가 번호 하나를 집었다. 위치가 좋은 앞 동이었다. 진심은 언젠가 통하는 것 같았다. 주민들은 그동안 수고한 덕에 복 받았다고 박수치며 축하해 주었다.

그때의 감동은 지난날의 고통을 눈 녹듯 사라지게 했다. 지금도 그 시절을 생각하면 가슴이 뿌듯해 온다.

'뛰는 여자'라는 별명이 부끄럽지 않은 날이었다.

우리는 무엇으로 사는가

봄비가 내리던 4월 중순이었다. 조카딸 둘이 고모들에게 남해로 나들이를 가자고 했다. 어렸을 때 같이 성장했으면서도 집안 행사 때 외에는 거의 만난 일이 없었다. 여행을 제안한 까닭은 돌아가신 부모 생각이 많이 나서였다고 했다.

그동안 서로 살아온 궤적은 달라도 혈육이어서인지 오랜만에 만나서도 살가웠다. 승합차에 오르자마자 금세 한통속이 되어 집안 얘기에 여념이 없었다. 온양 홍씨네 과수원집 역사가 고속도로에 깔려 나갔다. 5만여 평이나 되는 과수원을 손수 묘목을 심어 일궈 내신 아버지. 그 뒤를 이어 평생 일손을 놓지 못하셨던 어머니. 스물일곱에 여섯이나 되는 동생들의 가장이 될 수밖에 없었던 큰오빠 이야기.

이야기는 물을 거슬러 올라가는 고기떼처럼 시간을 거슬러 올라갔다. 저마다 자기가 살아온 나이만큼의 이야기를 간직하고 있었다.

우리 집에 사는 사람은 동이 트면 일어나고 밤이 깊어야 잠을 잤다. 형제들은 숙제를 할 새도, 책을 볼 짬도 없이 책가방만 들고 학교에 다녔다. 배고픈 설움은 없었지만 허울 좋은 부잣집 자식이었다. 언니는 집안일을 하느라 결석을 밥 먹듯 했다. 내가 대학을 가려고 서울로 도망쳤던 사건은 단순한 것이 아니라 홍씨 집안의 혁명이었다. 그 후로 동생들과 조카들은 어려서부터 서울로 올라왔다. 그것도 아버지가 돌아가신 후였으니까 가능한 일이었지 싶다.

좋은 추억보다 서글픈 추억이 더 많았다. 오십에 큰아들에게 살림을 다 맡긴 어머니는 허수아비였다. 머리가 굵어진 자식들은 어머니의 뜻을 따라주지 않고 각기 제 목소리를 냈다. 보이지 않은 형제간의 갈등, 며느리들의 시샘, 시누이와 올케 사이에 미묘한 감정 다툼 속에서 하루도 편한 날이 없었다. 자식들을 혼사시킬 때마다 어머니는 가슴을 쓸어내렸다.

가는 길에 전주에 들러 한옥마을을 둘러보고 비빔밥을

먹었다. 몸은 전주에 있으면서도 마음은 고향 언저리를 벗어나지 못했다. 전주비빔밥을 앞에 놓고도 마음은 온양 과수원집 가마솥의 보리밥을 먹고 있었다. 세상이 변하고 세월이 흘러도 감정은 퇴색하지 않는 것일까? 잊었다고 생각했던 사연들이 물꼬 터지듯 쏟아져 나왔다. 모두 남의 설움보다 자기 설움이 제일 큰 것같이 떠들어댔다. 세태라고 보기에는 너무나 이질적인 사고방식들. 고모들과 조카들은 의식 자체가 달랐다.

다음 날 비가 개었다. 보리암에 올라가니 바다가 한눈에 들어왔다. 멀리에서 가까이에서 파도가 일렁거렸다. 내 마음속에서도 파문이 일었다. "여행이란 우리가 사는 장소를 바꿔 주는 것이 아니라 생각과 편견을 바꿔 주는 것"이라 했던가. 파도에 설움도 회한도 다 날려 보내고 싶었다.

몇 군데 둘러보고 무주로 돌아왔다. 저녁을 먹으며 술이 한 순배 돌아가자 누가 먼저 말문을 열었는지 어젯밤 화제가 이어졌다. 큰 조카딸이 제 형제끼리 유산 상속 때문에 편치 않았던 얘기를 꺼냈다. 뜻밖이었다.

큰오빠가 돌아갔을 때 조카딸들은 고인의 유지에 따라 거액의 현금을 받았다고 한다. 그런데 올케가 세상을 뜨자 조카들이 조카딸들에게 지난번 아버지 상속 때처럼 현금으로 상속분을 처리하려고 했다는 것이다. 조카딸들은 그것으로 셈이 차지 않았던지 엄연히 상속법이 있는데 그냥 넘어갈 수 없다고 얼굴을 붉히며 언성을 높였던 모양이다.

우리 고모들이 들을 말은 아닌 것 같았다. 반백 년이 훨씬 지난 일이지만 아버지의 유산이 아들들에게 다 넘어갔다. 어쩔 수 없이 딸들은 외면할 수밖에 없었다. 그런 고모들에게 유산 상속 얘기를 하는 저의가 납득이 되지 않았다.

기가 막혔다. 큰 조카딸과 비슷한 연배인 막냇동생이 참을 수 없었던지 말문을 열었다. 이웃 사람들에게 회자되는 '헌 딸'과 '새 딸' 이야기를 꺼냈다. 과수원이 도시계획에 들어가 일부 보상금을 받았을 때 큰오빠가 아버지 딸은 헌 딸이라 1억을 주고, 자기 딸은 새 딸이라 30억을 주었다는 풍문이 있더라고 했다. 헌 딸들이 받은 건 사실이라 털어놓았다. 하지만 조카딸들은 그런 일이 없었다며 잘라 말했다. 오히려 저희들도 고생을 했다는 것이었다. 어이가 없었다.

내 삶이 흔들릴 때마다 갈등했던 시간들이 비참해서

공연히 화가 치밀었다. 나는 분노의 수위를 조절하고 목소리를 낮췄다. 큰오빠 살아생전에 들은 얘기를 말했다. 과수원을 정리하면 우리 팔남매 똑같이 나누겠다고 했다. 형편이 어려운 사촌들도 살게 해 주어야 한다고도 했다. 그뿐인가. 얼마인지는 모르지만 집 한 채는 장만해 줄 테니 너무 힘들어하지 말라는 말도 여러 번 들었기 때문이다. 그 약속을 굳게 믿고 고통도 감수하면서 기다렸다.

지금은 상속법이 달라졌지만 반세기도 지난 아버지가 작고하셨을 때 딸이란 존재는 없었다. 어머니에게조차 그 많은 땅 한 평 남겨 놓지 않았던 세상이었으니까. 형제간의 우애가 돈독했던 아버지는 맏이를 믿었을 것이다. 어머니는 큰오빠를 끔찍이도 의지하였기에 잘 처리하리라 믿고 아무 말 없이 지켜보기만 하셨다.

20여 년 전 어머니가 돌아가셨다. 어머니의 인생이 가엾어서 나는 오랫동안 가슴앓이를 했다. 10여 년 전 큰오빠도 돌아가셨다. 하늘이 무너지는 허탈감이 몰려왔다. 사십구재 때 망인의 옷을 태우면서 켜켜이 쌓인 감정을 다 날려 보냈다. 돌아가신 마당에 무슨 여한이 남겠는가. 복이 이것뿐이라고. 그런데 개구리가 웅덩이 물을 흐려

놓듯 조카딸들이 다시 내 마음을 흔들어 놓았다. 지금 와서 말한들 달라질 것도 없는 객담일 뿐인 이 상황이 고향에서 벌어졌다면 어찌 되었을까.

정작 과수원을 일구느라 헌신했던 언니는 말문이 막혀서인지 듣고만 있었다. 그러나 듣지 않았으면 좋았을 사연들이 방안 분위기를 싸늘하게 식혔다.

사람은 무엇으로 사는가. 정령 욕망에서 자유로울 수는 없는가. 바다는 메워도 사람의 욕심은 메울 수 없다는데 욕심의 한계는 어디인가. 물질이 무엇이기에 천륜도 혈육도 등지게 하는가. 삼천 군사보다도 자기 마음 하나 다스리기가 더 어렵다는 법문을 되새겨 본다. 사람답게 산다는 것이 어떻게 살아야 하는지를 다시금 생각하게 했다.

그렇게 2박3일의 일정은 끝이 났다. 한생을 살면서 애틋한 사랑으로 살아도 아쉬움이 남게 마련인데, 모처럼 동기간의 여행이라 설레는 마음으로 떠났건만 결국은 상처투성이로 돌아오고 말았다.

스토리가 있는 온천

가을비가 한 사흘 추적거렸다. 일본에는 태풍 콩레이가 몰려온다는 소식. 딸이 온천에 잠시 쉬러 가자고 했는데 마음이 쓰였다. 다행히 오후가 되자 언제 그랬느냐는 듯 하늘은 청명하게 밝아 왔다. 한 시간 남짓 날아가는 비행기 안에서 내려다본 세상은 태평천하였다. 다만 출입국 절차가 좀 더 간소화되었으면 하는 생각이 들었다.

일본은 우리나라와 가까우면서도 먼 나라임이 틀림없다. 지역만 다른 것이 아니라 풍토 또한 적잖이 달랐다. 그러다보니 의상이나 식생활은 물론 주거문화가 또한 많이 달랐다. 하지만 지금은 세계화로 공통분모도 적지 않은 것 같다.

일본인들의 문화는 생활과 밀접해 있다. 옛 습관이나 전통이 그대로 남아 있다. 지금도 천황의 신전에 예를 올리고 앞뜰에 사람들이 꿇어앉아 기도하는 모습도 보이고, 한쪽에서는 화려한 유카타를 입은 신랑신부가 결혼식을 올리고 있었다. 넓은 공간을 그대로 비워 두고 문화재를 보존하고 관람하는 데 그치는 우리나라와는 딴판이었다. 그들은 조상의 삶의 모습을 현실에서 재현하고 있다. 문화 콘텐츠를 이용한 관광산업에도 한몫하는 게 부러웠다.

우리나라는 토속신앙도 이야기와 전설로만 전해져 온다. 그들은 신전 마당에 소 동상을 만들어 놓고 머리를 만지면 총명해지고 빗자루로 몸을 쓸어내리면 액을 물리친다고 한다. 오른쪽 언덕 밑에는 비석 위에 붓을 얹어 놓은 학문의 신, 칼을 놓아 둔 음식의 신도 있다.

일본은 온천이 많고 지금도 활화산이라는 아소산은 온천을 중심으로 마을이 형성되어 있다. 산속에서 온천수가 폭포처럼 피어올랐다. 삼나무와 편백나무가 빽빽한 산길을 따라 삼십 분쯤 오르자 한낮인데도 마을 전체가 안개로 자욱했다. 황토흙 속에서 뜨거운 물이 솟구쳐 오르고, 현무암더미 속에서도 길가 돌 틈에서도 온천수가 수직으로 솟아올랐다. 일본의 온천 역사는 온천장에만 있는 것이 아니라 실제 온천 체험장도 있다.

물 색깔이 온도에 따라 흰색이나 에메랄드빛 또는 붉은 색을 띠며, 그 일대에 여덟 지옥 전시관이 있다. 하얀 빛깔의 물이 차 있는 흰 연못지옥, 회색빛 기포가 올라오는 모습이 스님 머리 같다고 스님지옥, 악어 같은 동물이 실제로 산다는 괴산지옥이 있다. 흡사 불교에서 말하는 지옥 같아 등골이 오싹했다.

온천수를 직접 먹어 보는 곳도 있고 뜨거운 물에 손을 담가 보는 체험, 두 발을 담가 보기도 하고, 수증기를 얼굴에 쐬는 곳이 있는데 감기 예방을 한다고 하니 사람들이 물러날 생각을 안했다. 실제로 코로 숨을 들이마시고 입을 벌리니 목이 개운했다. 이곳의 온천수는 아홉 가지 성분이 들어 있다고 한다.

다음 코스는 담뱃불 쇼. 빨간 티셔츠를 입은 작달막한 키에 장난기 있는 얼굴, 눈이 크고 코가 오똑한 피노키오 아저씨가 호객을 했다. 돌을 서너 자 높이로 쌓아 놓은 작은 연못 황토흙 속에서 연기가 피어올랐다. 그는 담뱃불을 한 모금 빨더니 물이 솟아나는 구멍 옆 수증기에 대고 힘껏 불었다. 신기하게도 연기가 넓게 퍼져 나갔다. 박수가 터지자 그는 신이 나서 뛰어다니며 흙무더기마다 불었다. 연기가 크게 퍼지자 그는 으스댔다.

"살아 있네."

큰 연못에서도 옮겨가며 불면서 "기똥차네" 또다시 "죽여주네"를 연발하며 더욱 힘껏 불어댔다.

"끝내주네."

사람들이 자리를 뜨지 않자 서비스 차원에서 한 번 더 불어주는 인심도 썼다.

마지막 코스는 족욕탕이다. 물은 기절할 만큼 뜨거웠다. 체온에 가까운 물에 잠시 담갔다가 들어가니 견딜 만했다. 처음에는 기겁을 했으나 움직이지 않고 가만히 있으면 참을 만했다. 피로가 확 풀리며 몸도 마음도 한결 가벼워졌다. 온천물에 삶은 계란과 시원한 음료를 마시자 선뜻 일어나고 싶지 않았다.

지하자원이 없는 우리나라도 유적뿐 아니라 각 지역에 온천이 많다. 온천수를 이용하여 스파나 풀장, 온천탕이 있을 뿐 관광을 위한 역사나 풍습 같은 이야기는 없다. 대부분의 온천장들이 크고 부대시설이 많다. 그에 비해 일본은 호텔 사우나실도 실용적이고 작은 공간도 빈틈없이 이용하였다.

내 고향 온양에 통일신라 때부터 태조가 궁궐을 지은 온정각이 있었는데 지금은 그 터만 남아 있다. 스토리가 있는 온천은 없다. 문화관광 콘텐츠를 유적이 많은 경주에 계획했었다는 얘기를 전해 들은 일이 있는데 아쉽게도 무산됐단다. 천혜의 환경이 받쳐주지 않아서일까, 개발을 못해서일까, 아쉬움이 남는다.

돌아오는 길, 저녁 비행기를 탔다. 날씨가 맑아서인지 불빛 때문인지 아래 세상이 훤히 보였다. 캄캄한 곳은 산과 강일 테고, 길고 크게 보이는 길은 고속도로, 작은 골목길, 넓게 모여 있는 불빛들은 큰 도시. 산 밑 작은 불빛 밑에는 산골 마을. 젊은 부부가 있고 작은 아이가 있고 나도 저런 세상에 살았었지. 여기서는 보이지 않지만 지금쯤 거나하게 술 취한 사람이 큰 소리를 지르겠지. 그이도 한때는 가끔 술이 취해 들어왔는데. 저녁이 있는 삶의 모습이 정겹게 다가왔다.

이러니 저러니 해도 내 나라 내 고향 내 집이 있는 여기가 천국이지 싶었다.

상처에서도 새움이 튼다

이른 아침부터 밖이 소란했다. 창밖을 내다보니 인부들이 정원수를 손질하고 있다. 웃자란 나무들이 창문을 가리긴 하지만 지금은 계절적으로 잘라낼 때가 아니다 싶다. 과일나무는 겨울에 가지치기를 하고 가로수도 잎이 나기 전이나 잎이 진 후에 작업한다.

마음이 어수선했다. 아파트 출입문을 나와 보니 그새 잘라 놓은 나무가 주차장에 수북이 쌓였다. 주목만 제 모습을 잃지 않았을 뿐, 창가의 감나무가 포도알만 한 열매를 매단 채 가지째 나뒹굴었다. 큰길가의 잣나무와 산벚나무도 둥치가 반토막이 났다. 주차장에서 멀리 떨어진 산수유도 키가 반으로 줄었다.

앞 정원도 스산하기는 마찬가지였다. 감나무도 목련나

무도 참혹하기는 마찬가지였다. 한창 꽃이 핀 대추나무도 수난을 비껴가지는 못했다. 더위가 가시면 영글어 갈 감과 대추들이 꿈도 피워 보지 못하고 꺾여 버렸다. 전체적으로 수형을 다듬는 것이 아니라 가지는 모두 잘라 내고 둥치만 남겨 놓았다. 나무들의 본래 모습은 어디에서도 찾아볼 수 없었다.

관리상 어떤 사정이 있었을 수도 있다. 그러나 내가 보기엔 단지 키가 크다는 이유로 허리가 잘리고 가지가 제멋대로 뻗어 나갔다고 잘려 나간 것으로 보였다. 만약에 나무가 늘씬한 아가씨로 보였다면 푸대접을 했을까. 잘 자라라고 심어 놓고 크고 나니 가차없이 쳐내는 이율배반. 조경을 위해 쳐버린 것이 아니었다. 인간의 편의를 위한 횡포일 수도 있다는 생각이 들었다.

애초 조경을 할 때 안목 있는 사람이 위치 선정을 했더라면 이렇듯 몰매는 맞지 않았을 것이다. 현관 옆 응달에 감나무를 심어 놓고 지나다니는 사람이 집 안을 들여다본다고 그 옆에 주목을 심어 창을 가려 놓았다. 단풍나무 뒤후미진 곳에는 목련이 숨어 있다.

어디 나무 심는 것만 그런가. 인사가 만사라는데 요즘

정부가 자리에 사람을 앉히는 걸 보면 우리 아파트에 나무를 심어 놓은 것 같다. 마땅한 자리에 나무를 심어야 하듯 정부의 인사도 잘 계획해서 적재적소에 맞는 사람을 심었어야 하지 않을까.

수목들은 겨우내 모진 추위를 견뎌 내고 잎과 꽃을 피웠다. 제구실을 다하려고 열매를 맺었다. 만약에 그들이 말을 할 수 있다면 의사표시를 했을 것이다. 사람에게 인권이 있다면 나무에게도 수권이나 목권이란 게 있다고. 이건 목권 침해라고.

그러나 그들은 침묵할 수밖에 없다. 하지만 그 침묵에는 말 못하는 억울함이, 치밀어 오르는 분노가 담겨 있고 그만 멈춰 주기를 바라는 애원이 체념의 한숨 속에 묻혀 있는 것 같은 느낌이 들었다.

태풍이 훑고 간 정원은 휑하니 찬바람이 일었다. 내 가슴도 서늘했다. 하기야 이런 일이 그들에게만 있었겠는가. 하루아침에 불의의 사고를 당해 목숨을 잃은 사람들. 예고 없는 구조조정으로 회사에서 쫓겨나 인력시장에서 새벽 바람을 맞고 있는 사람들이 우리 주변에 얼마나 많은가.

어떤 말로 위로를 해도 부질없는 일. 상처도 세월이 가면 아물 것이고 그 자리에 새움이 틀 것이다. 단풍도 곱게 물들어 우리를 기쁘게 해 줄 것이며, 다시 가지가 돋고 아름답게 꽃이 피어날 것이다. 사람에게나 나무에게나 그렇게 생존의 역사는 계속될 것이기에 나는 쓸쓸한 마음을 달래며 발길을 옮겼다.

후회는 없다

두어 해 전, 이천에 사는 문우가 스승님과 우리를 초대해 주었다. 도로변이면서도 산과 이웃한 별장 같은 주택이었다. 넓은 잔디밭이 말끔하게 다듬어져 있고 정원 소나무와 주목이 그림 속의 풍경 같았다. 함초롬히 피어 있는 노란 산국과 빨간 소국이 소품처럼 잘 어울리는 집. 나무마다 심어진 사연이 있고 돌에도 그 자리에 놓인 역사가 있다는 주인장의 말에 우리는 고개를 끄덕거렸다.

집 안으로 들어가자 아래위층이 정갈하게 꾸며져 있었다. 여유로우면서도 소탈한 가구와 절제미가 돋보이는 그림들이 주인의 성품을 보여 주는 듯했다. 옷장 문이 열려 있어 들여다보고 또 한 번 놀랐다. 키를 맞춰 걸어 놓은 양복과 가지각색의 셔츠와 넥타이들. 서랍 속에 가지런히 정리되어 있는 속옷과 양말, 어느 것 하나 흐트러짐 없이 사열 받는 생도 같았다.

이 집에 비교가 되지 않지만 나도 한때 잔디밭이 넓은 집에 살았던 적이 있다. 20여 년 전 새 아파트에 입주하려고 전세를 구하게 되었는데, 마침 큰애가 결혼을 한다기에 데리고 살 요량으로 이층집을 찾던 중이었다. 아리랑 고개를 지나는 중간쯤 큰길에서 서너 블록 올라간 언덕에 있는 붉은 벽돌집이었다.

북향 대문을 들어서자 오른쪽에 아름드리 후박나무가 그늘을 드리웠다. 긴 담장은 전나무가 울타리를 치고 단풍나무와 주목이 군데군데 자리를 잡았다. 넓은 잔디밭 가에는 희고 붉은 철쭉이 무리지어 피었다. 나중에야 알았지만 내가 좋아하는 유실수가 한 그루도 없었던 건 조금 유감이었다.

다음 날 덥석 계약을 했다. 내 형편으로는 평생 살아보지 못할 거란 생각이 들었기 때문이다. 이사를 하고 짐을 풀고서야 아차 싶었다. 초라한 가구들이 제자리를 찾지 못하고 주춤거리는 것 같았다. 아래위층 80평 공간이 을씨년스러웠다.

방마다 새 가구를 들여놓았다. 텅 빈 벽에 그림을 걸고 스님에게 받은 글을 표구해서 걸었다. 책장을 채우고 다락에서 풀지 못했던 그릇들도 장식장에 진열했다. 위층을 오르내리며 쓸고 닦았다. 집안이 한결 환해 보였다. 주인이 잔디를 각별히 가꿔 달라고 하여 날마다 잡초를 뽑고 자주 깎아 주었다. 돌아서면 올라오는 잡초도 싫지 않았다. 여름밤 후박나무 잎에 후드득거리는 빗소리가 정겨웠다.

팔자에도 없는 호사를 누리는가 싶었다. 가을까지만 해도 그랬다. 그동안 소원했던 친척들을 초대하고 친구들도 불러들였다. 부잣집 마님 행세가 재미있었다. 아마도 내 평생 그 집에서만큼 허세를 떨었던 적도 없지 싶다. 큰집에서 사는 것이 얼마나 많은 대가를 치러야 하는지 깨닫는 데는 많은 시간이 필요하지 않았다.

가을이 되어 큰애가 결혼을 하자 대전으로 발령을 받았다. 딸애는 직장에서 밤늦게 들어오고 막내는 방위병 근무를 하게 되었다. 순식간에 넓은 집안이 그림자도 보이지 않는 섬이 되었다. 찬바람이 불자 부채만 한 후박나무 잎이 집안을 어지럽혔다. 날마다 한 부대씩 주워 담아도 끝이 없었다. 비가 오면 모과만 한 열매가 홈통을 막았다.

그뿐이 아니었다. 날씨가 추워지자 낡은 집이라 난방이 되지 않았다. 천장이 높고 문이 많아서인지 한 달에 석유 여남은 드럼을 때지 않으면 찬기도 가시지 않았다. 낮에는 거실에 햇볕이 들었으나 실내에서도 난로를 피우고 털 옷을 입고 겨울을 났다.

다음 해 봄, 남편이 디스크 수술을 받았다. 밤낮없이 간병을 하던 나도 갑자기 체중이 줄면서 병원 신세를 졌다. 퇴원해서 집에 돌아오니 잔디에 잡초가 무성했다. 주인은 며칠마다 찾아와 잔디를 잘 관리하라고 성화를 댔다. 아이들도 처음에는 도와주더니 일요일이면 일찍 집을 빠져나갔다. 살림은 도우미의 도움을 받으면서도 나는 아픈 배를 움켜쥐고 풀을 뽑았다. 언 땅에서 뿌리내린 작은 풀꽃들, 활짝 웃는 민들레를 뽑아내려니 손길이 멈칫거렸다. 하지만 날마다 뽑아내도 표도 나지 않았다.

내 집이라면 하지 않아도 될 고생이었다. 사람과 집이 맞아야 했다. 감당하지 못하면 남의 손을 빌릴 여유라도 있었더라면. '개발에 놋 편자를 신겨 놓은' 격이었으니. 분수도 모르고 덥석 잡았던 전셋집에 2년을 묶여 살았다.

다음 해 8월 새 아파트에 입주하고 일주일이 지나 그 집을 갔다. 잔디밭에 누런 흙이 보이고 잔디는 누렇게 죽어 있었다. 불과 며칠 사이에 점령군이라도 지나간 것일까. 다시 세 들어온 사람은 황소만 한 개를 앞마당에 풀어놓았다. 돌아오면서 남은 환상마저 깨져 버리는 것같이 씁쓸했다.

그러나 지금 생각하면 그 시절이 행복했다. 비록 짧은 기간이었지만 내가 살고 싶은 집에 살아 봤으니 후회는 없다. 내가 더 정성을 들였어야 했다는 아쉬움만이 남았다.

손녀의 금연작전

10월 첫 주말 삼남매 가족과 양평 나들이를 했다. 일찍 출발했는데도 점심때가 지나서야 식당에 들어갔다. 막내아들이 화장실에 간다고 나가자 초등학교 3학년인 손녀가 황급히 뒤따라갔다. 내가 어디 가냐고 묻자 손녀는 겸연쩍은 듯 웃었다. 이상하다 싶어 며느리에게 다시 물었다.

"제 아빠 감시하러 간 거예요."

무슨 말인지 납득이 되지 않았다.

"왜, 화장실에 간다던데."

"밖에서 기다리겠죠."

하면서도 이유를 말하지 않았다. 잠시 후 부녀가 손을 잡고 돌아왔다.

무슨 사연이 있는 듯했다. 며느리는 더는 감출 수 없었는지, 응원이라도 청하려고 그랬는지, 아니면 무안하게 하려는 의도에선지 작심한 듯 입을 열었다.

남편에게 금연을 하라고 날마다 사정하고 애원해도 소용이 없었다. 비상대책을 세웠다. 가족의 건강을 위해 금연하면 삼백만 원을 주기로 했다. 담배를 한 번 피울 때마다 만 원씩 벌금을 내놓기로 합의도 했다. 금연을 실천했을 땐 그동안 받은 전액을 돌려주기로 했다고도 한다.

평소에 소신이 뚜렷한 막내도 아무 말을 못하고 쓴웃음만 지었다. 뱃살을 염려해 식사와 술은 절제하면서도 담배는 왜 끊지 못하는지 모르겠다. 가족들이 모일 때마다 밖에 나가 죄인처럼 피웠다.

막내는 어려서부터 간섭하는 걸 유독 싫어했다. 그 대신 특별히 말썽도 부리지 않고 제 일을 스스로 했다. 그 애는 등치가 크고 넓적한 얼굴에 눈꼬리가 처져 있다. 올곧은 성격이라 나도 조심스러울 때가 많았다. 반면 슬금한 구석도 있다. 해마다 부모 결혼기념일을 잊지 않고 챙길 만큼 자상하고 정이 많다.

그 애가 담배 피우는 걸 처음 본 것은 대학 2학년, 휴학

하고 육사에서 방위로 근무할 때였다. 배식 당번을 했는데 상사와 생도 사이에서 스트레스를 많이 받았다고 한다. 그때는 그 상황을 무사히 넘겨 주었으면 하는 바람에 그냥 넘어갔다. 그러다가 졸업하고 입사했을 때는 골초가 되어 있었다.

그때부터 막내와 살벌한 전쟁이 시작되었다. 담배는 기호품이 아니라 독극물이란 사실. 본인은 물론 주위사람에게까지 악영향을 준다고 잔소리를 늘어놓았다. 폐가 까맣게 썩어가는 사진을 들이대며 금연이 엄마의 평생 소원이라고 호소도 했다. 다른 말을 할 때 귀에 걸리면 금방 반응을 보였지만 금연을 말하면 묵묵부답이었다.

막내는 감기에 약하다. 늘 늦은 귀가에다 집에서는 담배가 눈에 띄지 않았다. 한동안 끊었다고도 했다. 그러던 어느 날부터 밖을 들락거렸다. 머리가 복잡할 때 담배 한 대 피우고 나면 머리가 맑아진다고 했다. 참으면 오히려 더 스트레스가 쌓인다고. 자식도 머리가 굵어지면 마음대로 할 수 없는 일. 제 나름대로 살아가는 방법이 다르니 무슨 명목으로 채근하랴 싶다가도 화가 치밀었다. 오죽하면 시어미인 내가 결혼 초 며느리에게 금연을 하지 않으면 집을 나가겠다고 엄포를 놓으라고 시켰겠는가.

다음 날 용문사에 갔을 때였다. 사람들이 길에서 담배를 피운다고 손녀가 흉을 보자 막내가 볼멘소리로 타일렀다.

"너는 왜 그 사람들의 권리까지 참견하니?"

아마도 본인의 의사를 에둘러 말하는 것 같았다. 모처럼 만나서 실랑이 하는 걸 보는 내 마음도 착잡했다. 아빠를 걱정하며 푹푹 한숨을 내쉬는 손녀도 딱하고, 어린 자식에게 감시당하는 막내 입장도 체면이 말이 아니다 싶었다.

이런 일이 도처에서 일어나고 있을 게다. 금연의 당위성을 모를 미성년자도 아닌 사람들과의 갈등. 요즘 금연 구역은 점점 넓어지고 흡연 구역은 점점 좁혀 오니 포위망에 갇힌 기분일 것이다. 담배 피우는 즐거움이 고통이 되면 오히려 스트레스가 더 쌓여 건강을 해칠 수도 있지 않을까 염려스럽기도 하고, 사랑하는 딸의 불만을 들어주지 못하는 막내인들 편하랴 싶기도 하다.

달포가 지나 막내 가족이 집에 왔다. 궁금하던 차에 손녀에게 잘돼 가느냐고 묻자 고개를 가로저었다. 아빠가 퇴근해 오면 기회를 보아 담뱃갑을 살펴보고 옷장 깊숙이 숨겨 놨는데도 기어코 찾아 세 개비를 피웠더란다. 그것도 일요일이나 살펴볼 뿐 회사에서 피우는 걸 막을 수는 없지 않느냐고 한숨을 내쉬었다. 그러다가 아빠가 화를 내면 어떻게 하느냐고 하니, 아빠가 화를 내지는 않는단다. 쉽게 되겠느냐고 하면서 포기할 수 없다고 하는 걸 보면 대견하고 안쓰러웠다.

곱상하고 갸름한 얼굴에 생글거리는 손녀는 나이에 걸맞지 않게 침착하고 의젓하다. 네 살인 남동생이 심술을 부려도 참고 받아 준다. 외국에 오래 있다가 전학 와서 외로웠는데 엄마가 말벗이 되어 주고 친구들이 잘해 주어 지금은 아주 행복하다는 글을 써 큰 상을 받은 걸 보았다. 그런데 혹여 아빠 때문에 상처를 받을까 염려스럽다. 나는 손녀에게 아빠에게 자주 편지를 써서 보내 보라고 일러주었다.

손녀는 겨울방학을 이용해서 방법을 찾아보겠단다. 섬뜩한 표어를 모아 보고 끔찍한 포스터를 집안 곳곳에 붙여 놓을 것이고 그림을 그려서 식탁에 올려놓을 거란다. 그것도 안 되면 극단적인 방법으로 엄마와 동생이랑 시골 외가에 가서 오지 않겠단다. 저희들이 보고 싶어서라도 금연하지 않을까 하는 당찬 계획도 세우고 있었다.

담배가 문화의 한 역할을 할 때도 있었다. 옛날 영화 속에서 담배를 피워 물고 허공에 뿜어대는 장면은 멋있었다. 전란의 고통 속에서 담배는 위로의 수단이었다. 연기로 자욱하던 다방은 세상을 비판하는 성토장이요, 문학을 토로하는 낭만의 장소가 되기도 했다. 담배는 일상의 한 부분이었다. 내가 결혼할 때만 해도 손님이 오면 으레 담배와 재떨이를 내놓았다.

인류가 불을 발견한 것이 원인이라고 애연가들이 항의하면 대답할 말이 없다. 사람 마음을 움직이는 것이 어쩌면 태산을 옮기는 일보다 어려울 수도 있다. 순간 돌아서기도 하지만 마음을 열지 않으면 티끌 하나 들어갈 틈도 없다. 사랑하는 가족이 감성에 호소할 수밖에 없을 것 같다.

막내 가족의 평화를 위해서라도 하루속히 기쁜 소식이 들려오기를 간절히 고대하고 있는 중이다. 어느 날 문득 이런 문자가 올지도 모른다.

'할머니, 아빠가 드디어 담배를 끊었어요!'

병원 검사실 點描

1.

10여 년 전 남편이 뇌출혈로 입원 중일 때였다. 언제 어느 과에서 호출이 올지 몰라 대기하고 있는데 아침 일찍 요로검사실로 오라는 전갈을 받았다. 검사실 앞은 기다리는 사람들로 북적였다. 세상 다 끝난 얼굴로 침통하게 앉아 있는 환자들과 달리 보호자들은 옆 사람과 얘기하느라 떠들썩했다. 무료함일까, 초조함일까, 아니면 애써 여유를 가져보는 것일까. 그러나 하나같이 발표를 기다리는 수험생처럼 불안한 표정이었다.

유리문을 사이에 두고 진풍경이 벌어지는 곳도 병원이다. 한참을 기다리자 부르는 소리가 나서 검사실 문을 들여다본 나는 온몸이 오싹했다. 짙푸른 가운을 입은 남자 여남은 명이 앉아 있는데 그들은 흰 가운을 입은 염라대왕이 보낸 저승사자 같았다. 왜 환자가 그렇게 보였을까. 아무튼 그 순간에는 그랬다.

잠시 후 유리문이 열리고 평상복으로 갈아입은 서너 명이 판결을 받고 풀려나왔다. 남편도 뒤따라 나왔다. 밝은 모습이었다. 나는 누가 뒷덜미를 잡는 것 같아 남편의 손을 끌고 도망치듯 그곳을 빠져나왔다.

2.

뇌출혈이 있었던 사람은 뇌신경 손상 여부를 파악하기 위해 심리검사를 받아야 했다. 기억력이나 이해력 같은 여러 기능 검사를 통해 치매 예방과 치료를 받기 위해서였다. 남편도 예외가 아니어서 심리검사를 받으라니까 바보 취급한다며 버럭 화를 냈다. 한숨 돌리고 나서 다시 설득해도 막무가내였다. 나도 요즘 기억력이 떨어져서 그러니 함께 받아 보자고 구슬렀더니 마지못해 따라 들어갔다.

남편이 먼저 받았다. 심리치료사가 일상적인 질문을 했다. 오늘이 "몇 년 몇 월이냐" 또는 "지금이 어떤 계절이냐"를 물었다. 다음에는 산, 자동차, 나비 하고는 잠시 후 다시 물어볼 거라고 했다. 그러고는 세 자리 숫자에서 두 자리 숫자를 죽 빼내려갔다. 그런 다음 종전에 물었던 산하고 다음 단어를 묻는 것이었다. 처음에는 나도 시답잖게 생각했으나 은근히 남편이 걱정되었다. 남편은 그림 그리기까지 예닐곱 문제를 잘 통과하였다.

내 차례가 되었다. 다른 것은 잘 지나갔는데 바위, 개나리, 비행기 하다가 뺄셈을 시작했다. 나는 계산에 어두운 사람이라 숫자에 신경을 썼다. 100−17=? 83−7=? 몇 차례 빼나가다가 조금 전에 예를 들었던 단어를 물었다.

"바위 다음에 뭐라고 했죠?"

기습적이었다. 그러니 생각이 나지 않을 수밖에. 계산에 틀리지 않으려고 몰두하다 보니 머리가 정지된 것 같았다. 순간 바보가 되었다. 불과 1, 2분 전에 들었던 낱말을 그렇게 까맣게 잊어버릴 수가. 한 대 얻어맞은 기분이었다. 남편은 나를 힐끔거리며 피식 웃었다.

3.

허리가 불편하여 엑스레이를 찍었다. 디스크가 진행 중이라며 일단 물리치료를 받아 보라고 했다. 두 달 동안 날마다 서너 시간 치료하고 운동도 하였다. 견딜 만하기에 며칠 쉬었더니 전과 다름이 없었다.

　평소에 온갖 치장을 하던 육체도 진료실에 들어가면 폐기처분 직전의 자동차처럼 무기력하고 쓸모가 없어 보인다. 다 그런 건 아니지만 하루 종일 환자에 시달려서인지 의사들의 싸늘한 시선도 부담스럽다. 삶의 한 끝이라도 잡으려는 절박한 환자를 마치 기계적으로 대하는 것 같기도 하고, 환자를 증상에 따라 임상실험 대상으로 여기는 느낌도 든다. 한정된 시간에 많은 환자를 진료하려니 그럴 수밖에 없다는 현실에 수긍을 하면서도 때로는 아쉽다.

　의사는 전체적으로 혈액순환이 되지 않는 것 같으니 열 촬영을 해 보란다. 촬영실에 들어가자 얼굴이 곱상하고 머리가 유난히 번들거리는 사십 대쯤 보이는 남자가 접수를 받았다. 거울 앞에서 완전히 벗은 채로 촬영한다고 주의사항을 설명해 주었다. 묻지도 않았는데 커튼을 치고 찍는 자세는 알려 준다는 말을 덧붙였다. 가뜩이나 거북한데 그 사람은 일을 마치고도 한참 동안이나 그대로 앉아 있다.

　'뭔 이런 경우가?'

탈의실에 가야 할지 난감했다. 그러면서도 이 나이에도 여자라는 야릇한 생각에 얼굴이 화끈거렸다.

한참 지나서 남자가 나가고 여자 기사가 들어왔다.

'그러면 그렇지.'

그런데 왜 나는 남자 기사가 촬영할 것이라고 지레짐작을 하고 있었을까. 아무튼 대중탕도 아니고 맑은 정신에 할 짓이 아니었다.

역시 착각은 자유였다.

다시 돌아온 모자

5월인데도 밖에 나오니 햇볕이 따가웠다. 다시 들어가 즐겨 쓰던 모자를 찾았으나 눈에 띄지 않았다. 구석에 숨어 있을 위인도 아닌데 오리무중이다. 요즘 여러 곳을 돌아다녔으니 어디서 휴가를 즐기고 있는 걸까.

나는 손에 가까운 물건을 자주 잃어버린다. 손수건은 부지기수고, 장갑이나 양산은 물론 안경도 수시로 빼놓고 다녀 여분이 있어야 한다. 우산은 계속해서 쓰는 게 아니라 순간적으로 놓칠 수 있지만 다른 물건은 찬찬하지 못한 성격 탓이다.

내가 모자를 즐겨 쓰는 까닭은 멋을 내기보다 손질하지 않은 머리를 감추기 위해서다. 늘 바삐 움직이기 때문에 가까운 곳도 모자를 눌러쓰고 다닌다. 그래서 다른 물건보다 모자에 더 애착이 많다. 아무리 하찮은 물건이라도 손때 묻은 물건을 잃어버리면 서운하다. 같은 물건이라도 더 마음이 가는 게 있다. 홑겹으로 된 보라색 면 모자는 내가 가장 아끼는 것이다. 비싼 모자도 아니지만 몇 번이나 잃어버렸다가 다시 찾아온 인연이 있어서다.

요즘 다녔던 가까운 곳부터 추적해 보았다. 슈퍼에서는 모자를 벗을 필요가 없었을 테고, 옷 수선집에서 잠시 앉아 있었던 생각도 났다. 어제 친구와 갔던 칼국수집 의자 밑에 놓은 걸까. 참, 어제 병원에도 갔었지. 골밀도 검사를 하느라 벗었고, 돌아오는 길에 약국에도 잠깐 들렀는데….

차례대로 전화를 걸어 확인했다. 가까운 곳은 직접 찾아가서 물어봤지만 행방이 묘연했다. 내일은 병원에 가봐야겠다는 생각이 미치자 혹시, 하는 예감이 들었다. 나에게 그 보라색 모자에 대한 인연은 두터웠기 때문이다.

10여 년 전에도 그런 일이 있었다. 친구들과 땅끝 마을에 갔다가 강진 백련사에 들렀었다. 그때도 초여름이었는데 산굽이를 돌아 법당에 이르렀을 때는 온몸이 땀으로 흥건했다. 참배를 하고 상경하는 버스를 타려고 바쁘게 뒤돌아 나왔다. 차가 떠나서야 머리가 허전한 것을 느꼈다.

집에 돌아와 전화를 했다. 마침 공양주 보살이 받으면서 직접 간수하고 있다는 것이었다. 어찌나 반갑던지 언제 찾으러 가겠다고 잘 간수해 달라고 부탁했다. 그런데도 주소를 일러달라고 해서 친절하게 부쳐 주었다. 초록색 등산모자가 내 품에 다시 돌아왔다.

인연이 있으면 잃었던 물건도 다시 찾게 되고 인연이 다 하면 아주 잃게 된다. 사람도 무수한 인연 속에서 만남과 이별을 거듭하지 않던가.

다음 날 일찍 병원으로 갔다. 담당 간호사에게 자초지종을 말했더니 잠깐 기다려 보라고 했다. 잃은 물건을 모아 두는 사물함에 가서 찾아보겠단다. 찾으면 다행이고 찾지 못해도 실망하지 말자고 마음을 다독였다. 그냥 한번 들러 본 거라고 최면을 걸어도 가슴은 콩닥거렸다.

잠시 후 간호사가 저쪽에서 걸어오고 있었다. 확실하지 않았지만 그의 손에 무언가 들려 있었다. 가까이 와서야 보라색 모자인 걸 알았다. 그녀가 내게 모자를 내밀었을 때 낚아채듯 받아가지고 가슴에 묻었다. 멀리 떠났던 핏줄이라도 만난 듯 반가웠다. 잠시 후에야 고맙단 인사를 몇 번이나 하면서 고개를 조아렸다.

　이상하게도 다른 물건은 잃어버리면 그만인데 모자만은 찾게 된다. 무수한 사람이 스쳐지나가지만 끝내 만나야 할 사람은 다시 만나게 되는 경우가 있다. 인연이란 불가사의한 것이어서 내가 원한다고 되는 것도 아니다. 아마도 전생에 맺어진 필연이 실현되는 것이리라. 인생도 별 것도 아닌 이런 작은 기쁨을 위안삼으며 힘든 고비도 넘기며 살아간다.

　나의 부주의에도 다시 돌아온 인연. 그 모자와 인연을 만들어 준 사람들에게 큰 절을 올린다.

슬픔은 여운으로

짧은 만남, 긴 여운. 만남은 때로 깊은 여운을 동반한다. 추석날 아이들이 떠난 자리가 잔치 끝난 마당 같다. 잘 챙겨간다고 해도 떠난 후에 보면 흔적이 남아 있다. 방석 밑에 깔린 양말짝과 맞추지 못한 퍼즐 한 조각, 베어 먹다만 사과와 널려 있는 과자 부스러기가 숨어 있다. 여운은 재잘거리던 소리만 남는 게 아니고 가지고 놀던 물건으로, 뛰어놀던 모습으로 남는다.

일상에 크고 작은 일들이 지나간다. 그중에서도 어릴 적 기억은 더 생생하게 떠오른다. 오늘은 지난 세월의 결과가 남고 내일은 오늘의 흔적을 또 남길 것이다.

내가 대여섯 살 때 인천에 살던 고모가 자주 오셨다. 새벽이면 나를 데리고 성당에 갔는데, 나는 종소리가 좋아서 계속 따라다녔다. 나중에 들었지만 고종사촌 막내오빠가 정신병원에 있었다고 한다. 그래서 고모의 기도가 그렇게 간절했던 것일까? 지금도 새벽 종소리는 내 마음을 울리고 슬픈 여운으로 남아 있다.

초등학교 4학년 담임이었던 안상국 선생님은 풍금을 잘 치셨다. 호리호리한 체격에 갸름한 흰 얼굴이 곱상했다. 노래하기를 싫어하던 내가 선생님을 따랐던 건 따뜻하고 자상한 성품 때문이었다. 방과 후에도 창가에 노을이 비칠 때까지 나직한 음성으로 고향 노래를 부르셨다. 나는 눈물이 나서 선생님을 바로 쳐다보지 못했다.

어른이 되어서도 여운은 슬픔으로 남았다. 경색됐던 남북한에 뱃길이 열리던 해 금강산 관광을 갔다. 계곡마다 숨어 있던 신비스런 기운. 골짜기마다 굽이쳐 흐르던 투명한 물소리. 조각같이 깎아 만든 듯한 일만이천 봉의 경이로움. 무상한 세월이 만들어 낸 자연의 경외감에 가슴이 뛰었다.

그때 산 위에서 메아리처럼 노랫소리가 들려왔다. 발걸음을 멈추고 귀를 기울였다. 그는 외치듯이 〈그리운 금강산〉을 부르고 있었다. 나는 가까이 가서 보려고 뛰다시피 산길을 올라갔다. 주인공은 산 너머를 건너다보던 초로의 할아버지였다. 노래를 부른다기보다 폐부에서 터져 나온 절규이자 통곡이었다. 이념의 갈등 같은 건 무구無垢한 자연 앞에 무색했다. 지금도 삶이 무거울 때는 숨넘어갈 듯 떨려오던 그 목소리가 들려오는 것 같다.

그리고 때때로 밀려왔다 밀려가는 고향 생각. 명치로부터 울컥 올라오는 서러움. 당시에는 이해할 수 없었던 아쉬움과 연민들이 기억 속을 헤집었다. 열세 살 때 아버지가 돌아가셨다. 일찍 떠나실 걸 알기라도 한 것처럼 누구에게나 근면을 무섭게 닦달하셨다. 그래서인지 아버지와는 애틋한 정을 느끼지 못했다.

음력으로 10월 말경이었다. 선산은 십여 리 가야 하는데 눈이 발목을 덮었다. 베보자기를 머리에 두른 어린 남동생들이 상여 뒤를 따라가며 발이 시려 동동거렸다. 상여꾼들의 구성진 가락은 왜 그리 슬프던지. 끝내 채워지지 않았던 사랑의 갈망이 서러움으로 남았다.

언덕 위에 환하게 피어 있던 사과꽃, 눈부시게 맑은 배꽃. 그리고 아래 밭에 화사하게 피었던 복사꽃도 즐기지 못했다. 군대같이 엄격했던 집안 환경이 못내 서럽게 다가

왔다. 그땐 모두 살아가는 데 급급해 여유가 없었다.

여름날 저녁 무렵 풀 속에서 피어오르던 자욱한 안개 속에서도, 마지막 석양빛이 머뭇거리고 있는 어둠 속에서도, 새들이 퍼덕이는 소리에서도 어머니는 일손을 멈추지 않으셨다. 노년이 되어서도 잡초를 뽑고 있으면 온갖 시름이 잊혀진다고 밭에서 사셨다. 아직도 자그락거리던 어머니의 호미 소리가 귓전을 맴돌고 있다.

모든 슬픔은 여운으로 남는 것일까? 마음이 울적할 때 고향을 찾아가고 바다에서 만난 사람을 추억하러 바닷가를 찾는다. 그러나 부모님을 잃은 슬픔은 영원히 가슴속 가장 깊은 곳에 여운으로 남아 있다.

나를 감동시킨 선물

저녁 무렵 아랫동네에서 약국을 하는 친구가 잠깐 내려오라고 했다. 명절이 가까운 터라 내키지 않았지만 서둘러 내려갔다. 친구는 부산에서 친지가 보내왔다며 초가집 대문짝만한 아이스박스를 내밀었다. 뭐냐고 물어도 생선이라며 그냥 빨리 가지고 올라가라고 했다. 평소에도 밤낮없이 불러들여 떠밀다시피 안겨 준 선물보따리가 부지기수라 이제는 새삼스레 거절도 못하고 냉큼 받았다.

포장도 뜯지 않은 아이스박스가 궁금했다. 나는 큰 물건에 대한 콤플렉스가 있다. 뭔지를 알아야 내가 감당할 만한 물건인지 아닌지 할 게 아닌가. 조심스럽게 비닐 테이프를 뜯어냈다. 그리고 뚜껑을 열었다.

"세상에!"

나는 겁에 질려 입을 다물지 못했다. 오래전 일이 떠올라서였다. 박스 안에는 어른 팔뚝만 한 대구가 엎드려 있었다. 머리부터 몸통까지 뱃속을 깨끗이 비워 낸 아가미와 지느러미, 꼬리까지 원형 그대로 나무꼬치에 꽂힌 모형. 가뿟하고 날렵한 몸짓이 흡사 정찰기처럼 공중으로 날아오를 것 같았다.

마른 건대구는 더러 사보았지만 이렇게 큰 물건은 처음이었다. 누가 봐도 탐낼 만큼 신선한 귀물이었다.

"이 귀한 걸 날 준다고?"

"민이 아빠 몸보신 시키라고…."

나는 황송해서 한 번 더 사양했지만 속으로는 웬 횡재인가 싶었다. 어떻게 요리할 것인지는 차후 문제였다.

진해만에서 잡힌다는 가덕 대구는 예부터 임금님 진상품이었다. 큰 것은 거의 송아지만 한 거물로 희소가치가 높은 보양식품이다. 특히 맛이 뛰어나다. 어두일미魚頭一味라는 말이 볼때기 살맛이 좋아 생겼다는 말도 있다.

오십 대에 있었던 일이다. 큰아들이 이른 봄에 상견례를 하고 그해 추석 열사흘 늦은 밤이었다. 포천에 사는 사돈

될 집에서 선물을 보내왔다. 우리 내외보다 한참 연장이라 내가 마음을 써야 했는데 미처 생각을 못했다. 늦은 밤에 큰애가 약혼자와 큰 천에 싼 걸 둘이서도 쩔쩔매며 끌고 들어왔다. 애들이 퇴근하고 전해 받아 늦어졌다고 했다.

도둑놈 묶듯 둘둘 말아 싼 천을 풀었다. 집채만 한 갈비 한 짝이 민낯을 드러냈다. 나는 뒤로 물러나다 하마터면 넘어질 뻔했다. 보기만 해도 기가 질리고 황당했다. 정육점에서 더러 본 적은 있지만 통째로 내게 왔다는 건 상상도 못해 본 일이었다. 포천 도살장에서 제일 큰 걸 특별히 주문했다고 한다. 사돈네 음식은 저울에 달아보고 먹으라는 말이 있는 터라 반갑지만은 않은 선물이었다.

시골 같으면 장정이 도끼로 대충 토막을 내어 냉장고에 넣으련만 어떻게 처리할지 난감했다. 날씨는 덥고 정육점에 맡기자니 너무 늦은 시각이었다. 바람이 통하는 잔디밭에 나무의자를 잇대어 놓았다. 그 위에 대자리를 펴고 갈비를 감싸 올려놓고 큰 돌을 눌러놓았다. 도둑고양이라도 와서 입질을 할까 염려되어 자꾸만 눈이 창밖으로 갔다.

잠자리에 들었지만 사돈에게 인사도 못하고 마음이 편치 않았다. 그런데 사리가 분명한 사부인이 식구도 많지 않은 걸 아실 텐데, 예쁘게 포장한 갈비상품도 있으련만 뭣 땜에 이렇게 큰 걸 보내셨을까. 한편으론 통이 큰 사돈은 큰맘 먹고 사 보냈을 것이다. 그릇이 작은 내가 주체를 못하고 있으니 사돈도 궁합이 맞아야 하는가 보다. 그때는 고마운 마음보다 부담이 더 컸었다.

이튿날 새벽같이 단골 정육점엘 갔다. 대목장이라 부탁하기가 미안했다. 전후사정을 들은 주인은 거절을 못했다. 토막 낸 갈비를 달아보니 마흔두 근이나 되었다. 그 자리에서 포장을 하여 가까운 사람들에게 나누어 보내고 나니 한숨이 나왔다.

선물이란 물건의 가치를 떠나서 마음의 표시다. 주어서 즐겁고 받아서 기뻐야지 넘치면 부담이 된다. 분에 넘치는 선물은 빚으로 남고 마음으로 남는다.

남편은 푹 익힌 갈비찜을 좋아하고 나는 담백한 대구탕을 좋아한다. 하지만 과한 선물에 좋아한다는 생각도 무색해지고 두려움이 앞섰다.

저녁을 끝내고 베란다에 두툼하게 자리를 깔았다. 그리고 낮에 선물 받은 건대구를 꺼냈다. 생각보다 이력이 있어서인지 자신이 생겼다. 두꺼운 칼로 대가리부터 가운데

뼈를 따라 양쪽으로 나누었다. 뼈가 굵어서 잘 되지 않아 칼등에 망치를 대고 두들겨 팼다. 먹기 좋게 토막을 쳐서 모아놓으니 한 짐이 되었다.

혼자 먹기가 너무 미안했다. 다음 날 낮에 큰 냄비에 한 쪽 분량의 맑은 대구탕을 심심하게 끓였다. 무를 납작하게 뼈져 넣고 참기름에 볶다가 국물 낸 물을 붓고 끓였다. 한소끔 끓이고 난 뒤 대구를 넣고 마늘, 생강 양념을 넣어 다시 더 끓이다 불을 끄고 미나리를 듬뿍 넣었다. 식기 전에 주려고 택시를 불렀다.

명절만 되면 색다른 메뉴로 고심했는데 금년 설은 푸짐한 대구탕으로 잔치를 벌였다. 맑은 대구탕을 보고 모처럼 남편의 얼굴도 환해졌다. 식구들이 맛있게 먹는 걸 보고 흐뭇해서 그랬으리라.

내가 받은 선물 중에 가장 뿌듯했던 것은 우리 동네가 재개발을 할 때였다. 어쩌다 주민대표를 맡게 되었다. 주민들의 지분을 가지고 시공사는 손바닥 뒤집듯 횡포를 부리며 말을 바꾸었다. 그보다 주민들은 밤낮으로 찾아다니며 설득해도 협조하지 않아 지쳐 있었다. 한날은 윗동네에 살던 아주머니가 얼굴에 땀이 범벅이 되어 찾아왔다.

"웬일이세요?"

그러자 가슴에 품고 있던 수제비 냄비를 내밀었다.

"식을까 봐 뛰어왔어."

나는 말문이 막혔다. 세상에 이 여름에 뜨거운 냄비를 품고 뛰었다니. 아무것도 줄 게 없으니 이거라도 맛있게 먹어 주면 고맙겠단다. 나는 덥석 두 손을 잡았다. 가슴속에서 뜨거운 눈물이 솟구쳐 올랐다. 내 편이 있다는 사실이 너무 고마웠다. 사람의 마음을 살 수 있는 것이 가장 값진 선물이라는 것을 그때 처음 알았다.

4. 또 한 번의 야반도주

또 한 번의 야반도주

5·16혁명이 일어나던 해 나도 일생일대의 혁명을 감행했다. 혁명군은 나라를 구한다고 목숨을 걸었지만, 나는 새로운 미래를 위해 목숨을 걸었다.

내가 다닌 온양여고는 한 학급 졸업생이 83명이었다. 그중에 대학에 진학하는 학생은 10명도 채 되지 않았다. 성적이 뛰어나도 가정형편이 받쳐 주지 않으면 엄두도 내지 못하던 시절이었다.

우리 집은 다소 여유는 있었지만 딸을 객지로 보낼 만큼 교육열이 높은 것도 아니었다. 더구나 언니도 가지 못한 대학을 꿈꾼다는 건 가당찮은 일이었다. 게다가 나는 성적이 우수한 것도 아니고 성격이 야무진 것도 아니었다. 겁이 많아 늘 남보다 한발 물러서 살았다.

그런 내가 허황할지도 모르는 일에 매달리는 데는 그럴 만한 이유가 있었다. 우선 나는 집이 싫었다. 해만 뜨면 장터같이 북적이는 사람들, 일 년 열두 달 끝이 없는 과수원 일, 시도 때도 없이 짖어대는 검둥이들, 게다가 집안 식구 모두 오직 일을 하려고 태어난 사람들 같았다.

수업이 끝나면 곧바로 돌아와 집안일을 도와야 했다. 숙제는커녕 좋아하는 운동도 할 수 없었다. 물론 책을 읽을 시간도 제대로 없었다. 밤 외출도 자유롭지 않아 친구와 어울리지도 못했다. 언제나 몸은 심부름으로 고달팠고 마음은 갈등으로 고달팠다.

잠시라도 현실에서 탈출하고 싶었다. 어떻게 하면 이 집에서 벗어날 수 있을까 하는 생각이 늘 머릿속에서 떠나지 않았다. 식구들에게 내색을 하지 않고 나름 진학 준비를 했다. 국문과에 진학해서 국어 선생이 되는 게 꿈이었다.

졸업반이 되고 드디어 입시철이 다가왔다. 대학에 무시험 전형 원서를 낼 기회를 얻었다. 학교에서 면접통지서를 전해 받았다. 드디어 결단의 순간이 왔다. 초조했다. 서울에는 친척도 없었다. 다행히 중학교 때 이사 간 가까운 친구 어머니가 흔쾌히 허락을 해 주셨다.

졸업식을 하루 앞둔 2월 말. 나는 미리 기차표를 샀다. 날이 어둡기를 기다렸다가 짐을 꾸려 뒤꼍 울타리를 넘었다. 도둑고양이처럼 어두운 골목을 지나는데 누가 뒷덜미를 잡는 것 같았다. 역에 도착했다. 그때 기적이 울렸다. 겁이 났다. 다리가 후들거렸다. 어둠 속에 몸을 숨겼다. 사람들이 개찰구를 다 빠져나간 뒤에야 뛰어가 기차에 올랐다. 몸을 바싹 웅크린 채 숨을 죽이고 아는 사람이 없나 두리번거리며 기차가 어서 떠나주기만을 기다렸다. 드디어 기차가 움직이기 시작했다. 이미 화살은 시위를 떠난 것이었다. 그제야 안도의 한숨이 나왔다.

저녁 무렵에 떠난 장항선 열차는 복잡했다. 주말이어서인지 아이들을 데리고 서 있는 승객들도 많았다. 선반에 올려놓은 짐들은 흔들거렸고, 사람들은 서로 떠밀리면서도 표정은 밝아 보였다. 그러나 차창 밖은 검은 장막처럼 어두웠다. 찬바람이 옷 사이를 파고들었다. 암담한 내 마음 같았다. 지구 밖에 내동댕이쳐진 듯한, 아니 스스로 지구로부터 뛰어내린 듯한 두려움이 나를 엄습해 왔다.

두 시간을 달려 서울역에 도착하니 친구가 나와 있었다. 서울은 넓고 크고, 그만큼 음산했다. 나의 불안과 공포만큼이나. 대부분의 대학들이 1차 시험을 치르는 3월 2일 나는 면접고사를 보았다. 방안에는 면접관 대여섯 명이 앉아 있었다. 대담하려고 했지만 백척간두에 선 기분이었다. 국문학과 교수는 즉석에서 생각나는 시나 시조를 읊어 보라고 했는데, 지금은 생각이 나지 않는다. 너무나 긴장했었기 때문이리라. 다만 영문과 교수가 해석하라고 했던 '파리는 프랑스의 수도라는' 그 문장이 떠오른다. 생각보다 대답이 막히지 않았던 기억이 난다.

결과야 어찌 됐든 면접이 끝나자 후련했다. 그런데 집 가까이 오자 불안했다. 근심어린 어머니의 얼굴이 떠올랐다. 큰오빠의 성난 얼굴이 어른거렸다. 하지만 이판사판이었다.

그런데 이상하게도 식구들은 별 내색이 없었다. 아무도 내가 야반도주한 사실조차 눈치 채지 못한 것 같았다. 잠시 다행이란 생각이 들었지만 다시 생각하니 섭섭했다. 나의 존재가 그 정도로 미미한가 싶어서였다.

선고를 기다리는 심정으로 며칠을 보냈다. 날마다 대문 밖에 나가 편지를 기다렸다. 드디어 판결문이 내려왔다. 편지를 숨겨가지고 방으로 들어갔다. 합격이었다. 기뻤다.

드디어 해낸 것이다. 그런데 아무도 기뻐해 줄 리 없었다. 기쁨도 한순간, 온몸이 늪 속으로 빠져들어가는 것 같았다. 아무 생각도 나지 않았다. 어찌해야 할지 결정을 못하고 있었는데, 마침 온양문화원에서 합격자 방송을 하는 것이었다. 드디어 나의 야반도주는 들통이 나고 말았다.

죽을 각오를 하고 어머니에게 자초지종을 말씀드렸다. 그런데 어머니가 내 두 손을 잡고 대견하다는 듯이 기쁨을 감추지 못하셨다. 예상하지 못한 반응에 눈물이 왈칵 쏟아졌다. 어머니의 사랑은 역시 가이없었다. 어머니는 기다려 보라고 말씀하셨다.

"남들의 이목도 있으니 오빠들이 모른 체하겠느냐."

그때 그 순간의 심정은 무엇으로도 표현할 수 없을 것 같았다. 어머니뿐만 아니라 하늘도 땅도 모두 내 편인 것 같았다.

다음 날 큰오빠가 나를 불렀다. 나는 기대와 불안으로 떨면서 오빠 앞에 앉았다.

"대학에 꼭 가야겠니?"

"예! 결혼할 때 아무것도 필요 없어요."

나는 얼떨결에 엉뚱한 대답을 했다. 오빠는 피식 웃었

다. 작은오빠도 흔쾌히 허락하며 열심히 공부하라고 격려해 주었다. 말은 하지 않았지만 언니는 편치 않은 모습이었다. 그래서 더 미안했다. 앞으로 더 잘해야겠다고 다짐했다.

내 모험은 일단은 그렇게 성공한 듯했다. 전력을 다해 가출했음에도 집안일을 외면하지 못해 뒷심을 보여 주지 못했다. 대학 4년 동안 한 달에 반은 온양에 내려오고, 벼락치기로 시험을 치러 학점을 땄다. 포장지도 뜯지 못한 책이 쌓여 가면서 이십 대 반란은 용두사미가 되어 버렸다. 가까스로 교사자격증도 따고 졸업 전에 직장도 마련했다. 그러나 어머니는 더 이상 나를 풀어 주지 않으셨다.

나는 탈출하려고 했던 그 지겨운 과수원에 파묻혀서 다시 일을 해야 했다. 한 달 두 달, 그러나 내 인내에 한계가 왔다. 일 년, 더 이상 버틸 수 없었다. 나는 결혼하기로 작정했다. 그러지 않고는 도저히 그 수렁에서 도망칠 수 없을 것 같았다. 나는 결혼이라는 또 다른 세계로 도망치듯 집을 떠났다. 어쩌면 그것이 나의 두 번째 야반도주였는지도 모른다. 그러나 그것을 마지막으로 그리고 내 꿈도 막을 내렸다.

그 후 모든 것을 포기하고 운명이라고 받아들였다. 운명은 신의 영역이니까. 하지만 가끔 내 꿈이 이루어졌다면 인생이 어떻게 달라졌을까 의문을 가져 본다. 기회란 왔을 때 잡았어야 했다고 아쉬움을 달래 보기도 한다. 그러면서 '그릇이 아니었던 거야' 하고 체념해 보기도 한다. 하지만 지금 생각해도 그때 어디서 그런 무모한 용기가 생겼는지 스스로 놀랄 때가 있다. 아마도 간절한 소망이 있었기 때문이리라. 그래도 후회는 없다.

지금도 그때를 생각하면 가슴이 뛴다. 내 인생 두 번의 야반도주. 이제 나는 인생의 칠부 능선을 지나고 있다. 나의 남은 생애에 또 한 번의 야반도주는 다시 없는 것일까? 가끔 자문해 본다.

석류

20여 년 전, 새 아파트에 입주하면서 앞 정원에 석류나무 한 그루를 심었다. 서너 자쯤 되는 제법 수형을 갖춘 나무였다. 다음 해 봄, 나무 둘레를 파고 밑거름을 주었다. 틈틈이 물도 주었는데 싹을 틔우지 않았다. 이듬해도 소식이 없더니 그 다음 해 늦은 봄, 드디어 잎을 피웠다.

머지않아 꽃도 피고 열매를 보여 주리라 생각하니 마음이 부풀었다. 해마다 둥치가 굵어지고 가지가 뻗었지만 잎만 무성했다. 언제쯤 꽃을 피워 줄까 설렘과 실망이 교차하기를 10여 년. 나는 아직도 집 나가 소식 없는 서방님 기다리는 수절과부 심정이다. 처음 심었을 때는 넓은 공간이었는데 옆에 있는 대추나무에 가려 그런가 싶기도 했다.

석류를 보면 어렸을 적 큰어머니 생각이 난다. 후리후리한 키에 시원스럽게 생겨 육감적인 사람 냄새가 났다. 게다가 걸쭉한 말투에 육두문자를 서슴지 않고 내뱉었다. 반면 작달막한 키에 동글납작한 어머니는 소심한 성품을 지녔다. 어떤 고통도 안으로 삭이고 내색하지 않으셨다. 그런 큰어머니를 남들은 무섭다고 하는데, 나는 그런 성격이 오히려 시원해서 좋았다.

큰어머니는 언제나 내 편을 들어주셨다. 어머니는 언니 편만 들으셨다. 부지런하고 싹싹한 언니는 집안일을 잘 도와주어 어머니에게 칭찬을 들었다. 난 게으르고 어둑해서 핀잔을 들었다. 그럴 때마다 큰집에 심부름 가면 집에 오기 싫었다.

큰어머니 집 뒤뜰에는 유실수가 많았다. 철마다 갖가지 꽃들이 다투어 피었다. 봉숭아와 채송화, 그리고 꽈리와 맨드라미. 그중에서도 그림 같은 석류꽃이 돋보였다. 큰어머니의 석류나무에 드리는 정성은 각별했다. 무슨 이유인지 궁금했지만 물어보지는 못했다. 열매가 귀해서일까, 고명딸이 병약해서 약으로 쓰는 걸까, 아니면 옛날부터 석류는 부귀다남을 상징한다는 말을 믿어서일까. 아무튼 큰어머니에게 석류나무는 신줏단지 같은 존재였다.

그때부터 나도 뜰이 있는 집에 살게 되면 석류나무를 심어야겠다고 생각했다. 짙은 잎 사이로 주홍색 꽃을 살며시 드러내는 석류꽃을 보면 따뜻한 느낌이 들었다. 무덥고 긴 장마 중에 다른 꽃들이 시들거릴 때도 석류꽃은 힘차 보였다. 꽃 서너 송이를 함께 매달고 있는 모습은 정다웠다. 늦가을 서리를 맞고 툭툭 벌어지는 붉은 열매는 보기만 해도 군침이 돌았다.

석류는 열매가 호리병 모양으로 신비스럽게 생겼다. 그속을 들여다보면 벌집 같은 모양의 흰 막으로 나뉘어져있다. 오대양 육대주를 품고 있는 작은 우주 같다고나 할까. 갈피마다 비밀처럼 숨어 있는 씨앗들이 가지런히 난치아처럼 반듯하고, 유리알처럼 투명하며 붉은 빛깔은 루비처럼 아름답다. 한마디로 요술 할머니가 숨겨 놓은 마술 상자라고나 할까.

그런가 하면 갈피 속에 삐뚤게 튀어 나온 씨앗이 히죽웃는 바보 같은 모습이다. 반듯한 것보다 어디가 모자란듯한, 반듯함에서 찾아볼 수 없는 또 다른 우형愚形의 미같다고나 할까.

대부분의 다른 과일은 씨앗을 버리고 과육을 먹는데 석류는 과육을 벗겨내고 씨앗을 먹는다. 그것도 보석처럼 화려한 성찬을. 향기도 독특하다. 오렌지같이 달콤한 맛보다 레몬처럼 상큼한 과즙은 뒷맛이 개운하다. 깨물 때마다 톡 쏘는 듯한 새콤한 맛은 구애도 하기 전에 상대를 현혹시키는 마력이 있다. 한번 맛보면 쉽게 물리지 않는 맛.

내가 석류에 미련을 버리지 못하는 이유도 그런 매력 때문이다. 아랫동네 교회 담장 안에는 해마다 석류꽃이 피었다. 열매도 서너 개나 맺었다.

우리집 석류나무는 언제쯤 꽃을 피울까. 어느 가을날 대추나무 그늘 때문인가 싶어 햇빛이 잘 드는 곳에 옮겨 심었다. 땅을 파보니 뿌리가 사방으로 퍼져 있었다. 다음 해 늦은 봄에는 꽃을 볼 수 있으려나 날마다 살펴봤지만 우물가에서 숭늉 찾는 격이라고 할까. 정성이 부족한 것일까, 아니면 지나친 집착이었나. 공연히 허전하고 아쉬운 마음에 저녁 굶은 시어머니상이 되었다. 거름이 될까 싶어 썩은 감자를 나무 가장자리에 듬뿍 묻어 주었다.

오랜 장마가 끝나고 정원으로 나갔다. 석류나무는 키가 훌쩍 컸고 가지도 벋어 나갔다. 잎도 무성했다. 거름으로 묻어 준 감자가 자라 하얀 꽃을 달고 있었다. 식물은 본능적으로 제 몸을 일으켜 세운다는데, 내 눈길은 자꾸 석류나무로 갔다.

비록 꽃을 피우지는 못했지만 성년의 나무로서는 손색이 없었다. 팔뚝만 한 둥치에 쭉쭉 뻗은 가지들, 무성한 잎사귀들이 햇빛에 반짝이고 있었다. 삶도 과정이라고 했던가. 우리 인생도 꽃이 피지 않는 경우도 있다. 최선을 다해도 목적을 이루지 못하는 경우가 더 많다. 삶이 살아가는 과정을 즐기듯 잎이 피어나는 즐거움으로 족한 것을. 나는 언제 꽃을 피워 본 적이 있었던가. 생각이 거기에 미치자 석류나무에 기대했던 자신이 부끄러웠다.

그러면서도 혹시나 하는 희망의 끈을 놓지 못한다. 큰어머니의 은혜를 내가 가꾼 석류로 한 소쿠리 소담하게 담아 드리고 싶었는데.

올해도 큰 시장에 가서 석류 한 바구니 사들고 와야겠다. 부족하나마 큰어머니에게 향기로 마음을 전해야겠다.

자격증을 따다

드디어 다섯 달 만에 자격증을 받았다. 남들은 별것도 아닌 일에 웬 호들갑이냐 할지 모르나, 나에게는 파격적인 사건이었다. 하루 여덟 시간씩 4주간 하는 교육과 2주간의 실습과정을 거쳐 시험을 치렀다. 몇 번이나 망설여 고비를 넘긴 과정이었다.

남편은 10여 년 전 뇌출혈이 왔다. 열이 나고 메스껍다고 하여 동네 병원에 갔더니 혈압이 올라서 그렇다고 안정을 취하라고 했다. 다음 날 내과 진료가 있어 대학병원에 갔는데도 의사는 대수롭지 않게 말했다. 그런데 저녁이 되어도 상태는 호전되지 않았다. 응급실에 가서 CT를 찍었다. 왼쪽 머리 뒤쪽에 피가 고여 있어서 움직이면 안 된다고 손발을 침대에 묶어 놓았다.

20여 일 만에 퇴원하고 한 이태 그런대로 잘 지냈는데 파킨슨이 따라붙었다. 거동이 불편하여 지팡이를 짚게 되자 밖에 나가지 않으려 했다. 자기 말이 곧 법인 줄 아는 남편은 운동을 하라는 의사 말도 잘 듣지 않았다.

그는 성격이 급하고 대쪽 같아 타협을 모른다. 안방 통소처럼 큰소리치지만 실속도 없다. 만만한 데 말뚝 박는다고, 마누라만 고양이 쥐 잡듯 한다. 그렇다고 전혀 좋은 점이 없는 것은 아니다. 매사에 빈틈이 없고 성실하다. 속정이 많아 뒷심도 없다. 천석꾼의 막내아들처럼 평생을 차려놓은 밥상에서 세월을 흘려 버렸다고 말하면 화를 낼지 모르지만, 그런 사람인 것은 어쩔 수 없는 사실이다.

처지가 그쯤 됐으면 기가 꺾일 만도 한데 운동을 하라면 경련을 일으킨다. 내 능력으로는 설득이 되지 않아 요양보호사 도움을 받았으나 달라지는 게 없었다. 요양보호센터장은 나에게 보호사 교육을 들어보라고 권했다. 생각지도 않았던 일이라 당황스러웠다. 한편 요양사의 소임이 궁금하기도 하고 환자와 나를 위해서 필요할 것 같아 솔깃해졌다. 그보다 정초에 큰애가 아빠가 많이 수척해지셨다고 울먹였다. 아빠 생전에 가족이 더 신경 써서 보살펴

드리자고 다짐도 했다.

그러나 선뜻 결정할 수가 없었다. 교육센터가 집에서 5분 거리에 있지만 장시간 집을 비울 수도 없고, 약으로 버티는 내 건강도 감당할 자신이 없었다. 무엇보다 남편과 아이들이 허락할 것 같지 않았다.

그래도 부딪쳐 보기로 하고 등록을 했다. 강의실을 메운 30여 명의 수강생들. 오육십 대가 대부분인데 남자 회원도 서너 명 있었다. 첫 시간 인사말에 나는 끝까지 갈 수 있을지 모르겠다고 했지만 막상 강의를 들으니 생각이 달라졌다.

맨 앞자리에 앉아 열심히 들었다. 듣는 것은 자신 있어 재미있고 설레기까지 했다. 수업 내용은 노인의 질병과 예방, 영양과 요양방법, 응급처치까지 이론과 실습을 겸했다. 상식적으로 알고 있던 지식보다 실전이라 도움이 많이 되었다. 수강생들은 학창시절에 이렇게 열심히 공부했더라면 한자리했을 거라며 킥킥거렸다.

새벽부터 서둘러 준비하고 점심시간에 집에 들러 남편 점심 차려주고 다시 수업을 받고 수업이 끝나는 대로 달려왔다. 처음 일주일은 힘들더니 익숙해졌다. 다행히 집에서 가까운 거리여서 한결 수월했다. 일상의 우선순위를 수업에 맞추다 보니 다른 일은 물론 전화도 제때 받지 못했다.

한 열흘 지나자 아이들과 친구들이 무슨 일 있느냐고 다그쳤다. 사실을 털어놓자 친구들은 응원해 주었지만 아이들은 정색하며 당장 그만두라고 했다. 저희들이 더 자주 찾아뵙고 살펴 드리겠다고 사정도 했다. 내가 충분히 해낼 수 있고 절대 포기할 의사가 없다고 맞섰더니 딸이 애원하듯 매달렸다.

"사실 엄마가 그런 일 하는 거 싫어, 창피해."

그때 나는 정말 내밀고 싶지 않은 카드를 꺼내들었다.

"너희 아빠 잘 도와주려고 그래."

그때서야 아이들은 고개를 떨어뜨렸다. 남편은 다행히 아무 말도 하지 않았다. 나의 결정을 묵인해 준 것은 결혼 생활 반세기에 처음 있는 일이었다.

그럭저럭 수업은 무탈하게 끝났다. 문제는 재가실습과 요양원 현장실습이었다. 재가는 다리가 불편하신 할머니를 도와주는 일이라 집에서 늘 하던 대로 무사히 마쳤다. 요양원에서의 실습은 실전이었다. 빌딩 한 층에 남자 병실 둘, 여자 병실 넷이 있고 인원은 22명인데 요양보호사 두

명이었다. 날마다 병실을 청소하고 하루에 목욕환자 대여섯 명과 침대 시트 바꿔 주고, 식사 돕기, 말벗 해주기와 잔심부름까지 하루 일정이 빡빡했다.

오후에는 불편한 환자 물리치료실에 모셔다 드리고, 프로그램에 참가하기를 희망하는 어르신을 휠체어로 모시고 가서 한 시간 같이 참가해야 했다. 우리 실습생 두 명이 도와줘도 쉴 틈이 없었다. 나도 최선을 다해 거들었다. 저녁때 돌아오면 온몸이 절인 배추처럼 늘어졌다. 평생 처음 해 보는 노동이었다.

그럴 땐 남편 얼굴이 자꾸 떠올랐다. 내가 없는 시간 무슨 생각을 하고 있을까? 남편에게 소홀했던 죄책감. 내가 지성을 다했다면, 그이의 건강이 내 책임인 것 같았다. 연골수술을 하고 퇴원 다음 날 목발을 짚고서 하루도 결근하지 않고 수업을 했다. 조실부모하여 가족밖에 모르던 집착. 아이들에게도 매섭게 채찍을 들었다. 그런데 고작 일주일을 힘들다니. 그이는 평생을 자존심을 죽이며 가족을 부양했는데, 울컥 가슴이 메어 왔다. 나는 그걸 생각하며 꾹 참고 견뎌 냈다.

남의 일이 힘들다는 뼈저린 경험을 하며 실습을 마치고

요양보호사 국가고시를 봤다. 정부에서도 앞으로는 요양원보다 가정요양을 더 권장할 방침이라고 해서인지 응시자가 무척 많았다. 나를 시험해 보는 마지막 관문. 합격문자를 받고 건강검진통지서를 보내고도 한 달여 기다린 끝에 오늘 요양보호사자격증이 나온 것이다.

힘겨운 과정이었으나 보람 있는 일이었다. 내 의식에도 많은 변화를 가져왔다. 주위에 나와 같이 고통을 나눌 사람이 있다는 데 위안을 갖게 됐다. 그리고 위급상황에도 차분하게 대처할 수 있는 자신감도 생겼다.

이제 아이들에게 약속한 것처럼 내 건강이 허락하는 한 남편을 더 잘 돌볼 수 있을 것이다. 그렇게 생각하니 자격증이 더 가치 있게 보였다.

못 말리는 나의 건망증

나는 어려서부터 물건을 잘 잃어버렸다. 남의 말에 어수룩하게 넘어가 어이없게 곤경에 빠지는 경우도 많았다. 여러 형제 속에서 컸는데도 약삭빠르지 못해 늘 뒷전으로 밀려났다. 비 오는 날 찢어진 우산은 내 차지였고, 그것도 돌아올 땐 잃어버리고 왔다. 물건 찾는 시간이 잠자는 시간보다 더 많았다면 과장일까.

어릴 때 어머니에게 꾸중을 들은 것도 찬찬하지 못한 성격 때문이었다. 아무래도 내 몸 어딘가에 나사가 하나쯤 빠졌는가 보다. 아니, 서너 개쯤 되지 않을까.

신혼 때 삼선동 적산가옥에 전세를 들었다. 주인집과 대문이 따로 나 있었는데 우리 안방 끝에 있는 화장실을 주인과 같이 사용하는 걸 이사 가서야 알았다.

잃어버리는 건 나만의 실수가 아닌 때도 있었다. 어느 날 부엌에서 나물을 무치려고 빼놓은 진주반지가 없어졌다. 과도나 우산 같은 자잘한 것, 심지어 빨랫줄에서 러닝셔츠가 없어지고 거기서 떼어 낸 상표가 앞마당에서 발견됐다. 3개월이 지나자 옷감이나 패물이 손을 타기 시작했다. 나는 가슴이 떨려 누구한테 말도 하지 못했다.

그 정도는 약과였다. 오십 대 중반에는 세 들어 살던 집에 집문서를 두고 온 일도 있었다. 이층집이었는데 어느 틈 사이에 끼워 넣었던가 보다. 재개발 하는 집문서라 다행이었다.

내가 당한 고통은 그렇다 쳐도 남에게 피해를 주는 경우는 여간 낭패가 아니다. 한국산문 창간 당시 일이다. 매월 조선일보사에서 신경무 화가의 만평을 직접 받아왔다. 그날도 원본을 받아가지고 오면서 친구를 만나 이층 창가에 앉아 있는데, 한 아주머니가 벽쪽 에어컨 바람이 싫다며 자리를 바꿔 앉자고 했다. 주위에 좌석이 비어 있어 의아스러웠지만 나는 다른 자리로 옮겨 앉았다.

친구와 잠깐 얘기하다가 음식점에 가서 식사를 하고 헤어졌다. 슈퍼에서 장을 보고 계산할 때까지 한 시간 남짓 걸렸을까. 그때서야 손에 들었던 봉투 생각이 났다. 지나온 장소를 되짚어 제과점으로 갔다. 내가 앉았던 옆자리 손님이 자리를 양보 받았던 아주머니가 들고 가는 것을 보았다고 했다. 계산대에 맡겼나 싶어 아래층으로 뛰어내려가 물어보았으나 모르겠다고 했다. 순간 뜯어보고 버렸나 싶어 근처 휴지통을 샅샅이 뒤져보았으나 허사였다.

그럴 줄 알았으면 봉투라도 뜯어 놓을 걸. 나에게는 소중하지만 그 사람에게는 휴지에 불과한 것을. 봉투에 발신자 주소가 있으니 보내 주는 친절은 그만두고라도 전화라도 해 주었으면 좋으련만 아무런 소식도 없었다. 핸드백에 넣으려다 구겨질까 봐 그냥 들었던 게 화근이었다. 그 그림은 영영 찾을 길이 없었다.

습관적으로 가지고 다니던 물건은 의식적으로 잘 챙기게 된다. 생소하거나 일시적으로 휴대한 물건은 순간적으로 깜박하게 된다.

그날 아침만 해도 그랬다. 아침에 일어나려고 하는데 현기증이 났다. 지난달 작은 집 하나를 매매하면서 스트레스를 많이 받았는데 그예 신호가 오는 모양이었다. 체중이 줄고 상황 판단에 혼란이 왔다. 문자를 받고도 답신을 잊어버리고, 친구와 약속한 날을 앞당겨 나가는가 하면, 병원 예약일을 헷갈려 실수를 하는 공황상태가 일주일가량 계속되었다. 무리하지 않으려고 작정했는데 다음 주 일정을 보니 빡빡했다. 햇배추가 나오기 전에 김치도 두어 통 담가야 했다. 날마다 먹는 더덕도 남아 있지 않았다. 무엇보다 과일이 바닥난 것이 문제였다. 몸은 천근인데 마음은 벌써 시장에 가 있었다.

경동시장 초입에서 더덕을 샀다. 그런데 3미터쯤 갔을까, 제법 굵직한 더덕이 눈에 들어왔다. 흥정을 하고 셈을 치르려 지갑을 찾았으나 없었다. 분명히 넣었는데 다리가 후들거렸다. 다시 점퍼 주머니를 뒤집어 보고 바지 주머니와 장바구니를 털어 봤지만 보이지 않았다. 혹시 길에 흘렸나 싶어 둘러보는데 가게 아주머니가 대수롭지 않은 듯 말했다.

"주머니에 넣은 것은 남의 것이야."

그때서야 아차, 날치기 당했구나 하는 생각이 들었다. 허탈했다. 다른 때는 돈지갑을 꼭 잡고 다녔는데 그날은 주머니에 허술하게 넣었던 게 문제였다.

큰 시장에 가면 예산에도 없던 물건을 사게 되어 보통

20만 원 정도 준비하는데 그날따라 고액권으로 두 배를 찾았다. 지갑에는 버스카드와 잡다한 카드들이 들어 있었는데 다행히 현금카드는 아래 바지 주머니에서 나왔다. 아마도 늘어졌던 신경줄을 조이려고 일이 생긴 것 같아 서운한 마음을 애써 달랬다. 주춤거리다가 창피해서 얼른 그 자리를 떠나고 말았다.

소낙비가 내리려면 천둥과 번개가 먼저 수인사를 하지 않던가. 불미스런 일이 일어날 때는 반드시 어떤 조짐이 있다. 기분이 좋지 않거나 극도로 피곤하거나 뭔가 석연찮은 느낌이 들기도 한다. 그런데도 그냥 지나쳐 일을 당한 걸 보면 아마도 내 것이 아니었던가 보다.

자꾸 그런 일이 있다 보니 이제는 중요한 물건이라도 눈에 잘 띄는 곳에 둔다. 신주같이 잘 보관해 둔 것이 더 오리무중일 때가 많다. 평소에 두던 곳에 두어야 찾기가 쉽다.

전에는 작은 물건을 잃어버려도 신경이 쓰였는데 지금은 빨리 체념한다. 꼭 쥐고 있으려고 하면 더 잃게 되는 걸 알게 되었다고나 할까. 초승달이 보름달이 되는 것처럼. 어느 날 다 놓아 버릴 것을 하나씩 잃어가는 연습을 하는 과정이라 여기며 위로해 본다.

누룽지를 끓이며

감기가 한 차례 지나가더니 모든 음식이 소태 맛이다. 평소 즐기던 음식도 외면하다 보니 뱃속에서 아우성이다. 압력솥에 밥을 안치고 오래오래 뜸을 들였다. 누룽지는 영양분이 밑으로 내려가 쌓여 영양이 많고 항산화작용을 해 소화를 돕는다. 예전에는 식사 뒤에 차나 커피가 아니라 숭늉을 마셨다. 누룽지로 끓인 숭늉. 누르스름한 빛깔은 보기부터 구수하다.

우리 생활에 누룽지만큼 인정을 베푼 음식도 드물지 싶다. 먹을 것이 귀하던 시절 유일한 간식거리였고, 배고픈 사람들에게 허기를 면케 해 준 것도 누룽지다. 하숙집 밥이 고프던 시절, 어머니는 오빠 짐에 누룽지를 몰래 넣어주곤 하셨다. 아무리 엄한 시어머니도 며느리에게 누룽지

인심만큼은 후했다. 누룽지는 흔한 보물이었다.

어렸을 때 병이 나면 어른들은 누룽지를 끓여 주었다. 눌은밥에 물을 붓고 오래 끓이다가 나무주걱으로 박박 문지르면 멀건 죽처럼 숭늉이 만들어졌다. 어머니의 손길이 많이 닿아서인지 부드럽고 입에 착 감겼다.

그런데 난 누룽지가 싫었다. 그때만 해도 밥 푸는 순서로 누가 어른인지, 중하게 여기는지 가늠할 수가 있었다. 우리 집도 아버지 밥을 푸고 일꾼들 밥까지 푸고 난 다음 식구들 밥을 펐다. 큰 양푼에다 모둠밥을 담았는데 그것도 누룽지가 반이나 섞여 있었다. 그러고도 솥에는 황태 콩과 보리가 섞인 거무죽죽한 누룽지가 또 한솥이었다. 그게 개밥이었다. 밥투정을 하거나 남긴 밥도 으레 개밥이 되었다. 그래서 나는 누룽지 밥을 절대로 먹지 않았다.

신혼 초 연탄불을 쓸 때였다. 석유곤로가 있었지만 심지를 잘못 맞추면 그을음이 나고 냄새가 진동했다. 그 냄새가 싫어 주로 양은밥솥에 밥을 지으면 누룽지가 반이었다. 가뜩이나 입덧이 심할 때여서 누룽지밥은 처치곤란이었다. 어머니가 밥을 버리면 벌을 받는다고 하신 말씀이 생각나서 어떤 때는 누룽지를 버릴 수 없어 밥을 굶었다. 결국은 그 뜻을 따르지 못했지만….

그런데 그렇게 싫던 누룽지가 반세기가 지난 지금은 그립다. 음식 맛은 객관적인 기준보다 주관적인 경험과 기억이 더 좌우하는 것인가 보다.

전기밥솥을 사용하면서부터 숭늉 마시기가 힘들어졌다. 압력솥에서도 일부러 눌리지 않으면 만들어지지 않는다. 가장 보잘 것 없다고 생각했던 것이 귀한 대접을 받게 된 요즘, 신세대에게 누룽지가 각광을 받는 것은 다이어트에 특히 효과가 있어서란다.

이제 설익었던 사랑도 뜸들이지 못한 설움도 푹 익혀서 누룽지 같은 사람이 되어야겠다. 꼿꼿한 밥알이 눅이고 눅여서 납작 엎드린 겸손. 안도현 시인은 연탄재를 보고 말하지만, 나는 누구에게 누룽지 같은 밑바닥 존재로 헌신해 본 적이 있었던가.

밥을 푸고 누룽지에 물을 부어 다시 끓였다. 밥하는 시간보다 더 긴 여유를 갖고 기다렸다. 구수한 냄새가 온몸의 세포를 깨운다. 아마도 누룽지는 위로받고 싶은 내 위장을 어루만져 줄 어머니일지도 모른다.

과수원에 잠들다

과수원 끝자락 언덕에 사과가 익고 있었다.

언니는 그 언덕 형부 무덤 곁에 나란히 누웠다.

올여름에 형부를 보내고 석 달 만이다. 언니는 늘 허약하여 병원 출입이 잦았지만, 운명하던 날 아침까지도 별다른 기미가 없었다고 한다. 이웃 사람들은 듣기 좋은 말로 부부 금슬이 좋아서 뒤따라갔다고 하더라만, 졸지에 영감永感을 느끼게 된 자식들의 비통함은 배가 되었으리라.

한평생 대부분을 과수원에 몸담았던 양주는 돌아가서도 그 밭을 떠나지 못했다. 삶과 죽음이 둘이 아닌 생사윤회를 보여 주고 싶었던가. 아니면 죽음을 옷을 바꿔 입은 것처럼 담담하게 받아들였던가.

모천을 찾아드는 건 연어뿐이 아니다. 형부는 염력하게

일궈 놓은 그 땅을 떠날 수가 없었던지 생전에 그곳에다 산소를 마련해 놓았다. 한평생 자식 걱정하고도 염려가 되어 눈을 감아서도 지켜 주고 싶었던가. 부모의 깊은 뜻을 자식들이 얼마나 헤아릴까 생각하니 애잔한 마음이 들었다.

팔남매 맏이인 큰언니는 어려서도 같이 지낼 새가 없었다. 내가 네댓 살이 되었을 땐가, 어느 날 앞마당에 큰 트럭이 오더니 장롱과 이불보따리 같은 짐을 가득 싣고 갔다. 언니가 그 무렵 처음 나온 승용차 파란 코로나를 타고 신랑을 따라가던 걸 본 기억이 지금도 눈에 선하다.

그때 우리 집은 큰댁에서 분가하여 공동묘지를 개간하고 어린 과일나무를 심었을 때다. 집이 바쁜 중에도 언니는 큰어머니 집에서 학교를 다녔다. 그래서인지 한 이불 속에서 뒹굴던 다른 형제들보다 뜨악했다.

결혼할 때 시댁 형편이 곤궁하여 땅을 베어 줬다고 했는데도 어머니는 언니가 배를 곯지 않나 싶어 저녁이면 아버지 몰래 우리에게 쌀자루를 머리에 이어 보냈다. 직장을 그만둔 형부가 아버지가 마련해 준 과수원을 하게 되면서 우리 형제들은 가까이 지내게 되었다. 내가 결혼하고도 어머니 살아 계실 때는 자주 만나 혈육의 정을 나눴는데, 좋은 날 만나지 못하고 부음을 듣게 되니 어깨가 내려앉았다. 형제들이 함께 살아가고 있음을 통해 부모님이 더 생각나고 그리움을 서로 위로받게 된다.

언니는 오달진 형부에 비해 작달막한 키에 결곡하지도 못했다. 하지만 부지런하고 빈틈없는 형부의 뜻을 잘 받들었다. 일에 파묻혀 힘겹게 살면서도 오남매를 정성스레 공부시켰다.

요즘같이 영농기술이 발달한 때도 아니었다. 그때만 해도 일 년 열두 달 쉴 틈이 없는 게 과수원 농사였다. 일일이 사람 손이 가야 제대로 된 과일을 거둘 수 있었다. 꽃이 피고 열매를 맺으면 솎아 주는 일부터 봉지를 씌우고 여름 내내 병충해를 소독하는 일, 가을볕에 사과 빛깔이 고와지게 일일이 봉지를 벗겨 줘야 했다. 그리고 저장을 하기 위해 된서리를 맞은 다음에 수확했다. 겨울에도 다음 해 농사 준비로 나무 밑동 둘레를 파고 거름을 묻고 웃자란 나뭇가지를 잘라 주어야만 했다.

지금은 일하기 쉽게 사과나무를 어려서부터 모형을 잡는다. 나무 가운데에 십자가 모양의 쇠기둥을 고정시키고 세로대에 나뭇가지를 묶어 놓는다. 예전에는 나무가 크는 대로 그냥 두어 높은 사다리를 놓고 올라가 일을 했는데, 요즘은 손이 닿는 높이라 일하기가 수월하다.

나뭇잎이 무성하여 나무 가운데나 아래 그늘에 달린 열매는 빛깔이 나지 않았는데 요즘은 나무 밑에 은박지를 깔아 태양열을 골고루 받게 해서 전체적으로 빛깔이 곱다. 수확해서도 사람 손으로 낱낱이 선별하던 것을 기계가 일정한 무게대로 선별해 줘 상자에 담기만 하면 된다. 수작업으로 하던 전 과정이 대부분 기계화된 걸 보니 금석지감이 든다.

사과나무는 철따라 모습을 바꿔 가며 텅 빈 나뭇가지가 꽃이 피어 풍성하게 열매로 채웠다가 가을이면 다 내려놓는다. 그렇지만 봄이면 또다시 새 삶을 준비한다. 사람도 어느 계절에 심신에 쌓인 터럭을 털어내고 다시 태어나는 기적이 일어나지 않을까 하는 엉뚱한 생각을 해 본다.

세상을 살다 외롭고 지칠 때 자식들은 자애로운 품속을 찾듯 선영을 찾아 위안을 한다. 부모님을 모시고 살던 셋째 조카가 과수원을 맡게 되었다. 그 그늘에서 비바람을 피했지만 한동안은 힘겨운 일이 많을 것이다. 그럴 때마다 조카는 산소를 찾을 것이고, 아버지는 어떻게 해결했는지 기억하고 용기를 얻을 것이다. 그러면서 인내하는 법을 배우고 삶의 지혜를 터득해 가겠지. 더러는 못다 한 효도를 참회하면서 가슴 저리는 날도 있을 것이다.

조카들은 노후가 되면 과수원에 집을 짓고 형제들이 모여 사는 게 꿈이라고 했다. 그래야만 부모가 피땀 흘려 일궈 놓은 보람이 있지 않겠나 싶단다. 나는 그 애들이 꼭 그렇게 해 줄 거라고 믿는다. 더군다나 부모님을 집 가까이 모셨으니 살아생전 찾아뵙듯 할 것이다. 비록 육신은 떠났어도 부모님의 정신은 남아서 한 가정의 가풍은 이어진다. 오랜 세월이 지나도 역사는 전설처럼 남아 자손들은 그 조상을 그리게 된다.

입관을 하는 중에 소나기가 한차례 지나갔다. 말갛게 씻긴 사과들이 주렁주렁 매달려 있는 모습이 저승 가는 발길을 밝혀 주는 연등처럼 환하게 비쳤다.

석양이 물든 과수원을 돌아서는데 두런두런하는 소리가 들리는 것 같다. 부디 산새 소리 벗삼아 두 분 극락왕생하십시오.

할미꽃 연정

성북동 길상사에 할미꽃이 피었다. 도심 속에서 야생화가 뿌리내리기 쉽지 않았을 텐데 할미꽃이 무리지어 피어 있는 것이다. 다른 꽃들이 태양을 향해 구애를 할 때도 할미꽃만은 다소곳이 고개를 숙이고 있다. 무엇이 부끄러운 것일까. 아니면 남모르는 비밀이라도 간직하고 있는 것일까. 회색빛 밍크 모자 속에 얼굴을 가린 할미꽃.

보통 꽃들은 꽃잎이 단색으로 되어 있으나 이 꽃은 겉과 속이 다르다. 겉은 연보랏빛이고 속은 붉은 자색이다. 여섯 꽃잎이 피어난 모습이, 어떤 사람은 장미나 튤립이 예쁘다지만 나는 이 꽃이 더 예쁘다. 촘촘히 박힌 노란 수술들. 회색빛 털이 송송 난 것도 별스러운 매력이라고나 할까.

얼마나 추웠으면 털모자를 쓰고 나왔을까. 아름다움이란 겉으로 드러난 데 있지 않고 은근히 배어 나오는 데 있는 것이라고 말하고 있는 것 같다.

할미꽃은 그리움이다. 양지바른 산 구릉에 말 못할 가슴을 홀로 애태우면서 눈물 쏟는 그리움을 간직한 꽃이다. '당신은 주기만 하고 아무것도 요구하지 않는다'는 꽃말은 우리 할머니의 조건 없는 사랑이라. 어느 꽃도 지는 모습이 고울 리 없다. 회색빛 수술이 노인의 센 머리칼처럼 빳빳이 서고 헝클어진 모습이 등 굽은 할머니 같다고 노고초老姑草, 백두옹白頭翁이란 별명이 붙었다.

사랑하는 손녀딸을 시집보내고 늙고 병들어 외롭게 살던 할머니의 넋이 피어난 꽃. 애잔한 그 모습이 설움을 간직한 내 할머니 같아서 할미꽃을 보면 나는 한동안 발길을 돌리지 못한다.

내가 할미꽃을 처음 본 것은 어릴 적 무덤가에서였다. 이 꽃은 뿌리가 곧기에 햇빛이 잘 드는 무른 땅에서만 자란다. 이른봄 보라색 제비꽃들 사이에 납작 엎드려 피어 있던 꽃. 꺾어 들면 금방 시들어 버린 것처럼 흐느적거리던 처량한 그 꽃을 나는 무던히도 좋아했다.

전에 완주에 갔다가 할미꽃 한 분을 사들고 온 적이 있다. 화단에 뿌리를 깊게 묻어 주었으나 다음 해 봄 다시 살아나지 않았다. 타지에서 뿌리내리기가 쉽지 않았나 보다.

한동안 볼 수 없었던 할미꽃을 다시 만났다. 지난해 봄 길상사에서였다. 법당에서 제를 마치고 내려오는데 언덕배기 곳곳에 피어 있었다. 반가웠다. 법당을 향해 고개를 숙인 모습이 법문 소리에 귀를 기울이고 있는 것 같았다. 먼저 간 도반들이 영접하러 모였는가. 어느 보살의 화신이 곱디고운 할미꽃이 되어 찾아 들었는가.

할미꽃을 보면 한생을 잘 살다간 여인의 자취를 보는 것 같다. 나도 다음 세상에 다시 태어난다면 다소곳이 고개 숙인 할미꽃으로 태어났으면 싶다.

시간 밖에서

11월 중순 저녁 무렵 삽교천 간척지를 지날 때였다. 차창으로 스쳐가는 파란 하늘이 물방울 무늬 비단폭처럼 펼쳐져 있었다. 가을 하늘은 높아진다는데 손을 뻗으면 잡힐 것 같았다. 추수 끝난 들녘에는 새떼들이 모여 앉았다가 흩어지곤 했다. 낟알을 주워 먹는 생존의 퍼덕거림을 사람들은 군무라면서 찬사를 보냈다. 속사정이야 어떻든 떼를 지어 비행하는 모습은 눈을 즐겁게 했다.

아직 가을걷이가 끝나지 않은 밭에는 배추들이 가을볕을 주워 담고 있었다. 일상에서 비껴선 홀가분함에서인지 시간 밖에서 보는 사물은 한가로웠다. 분별심이 사라진 대상은 대수롭지 않은 것도 의미 있게 보이는가 보다.

육상선수처럼 앞만 보며 달려온 삶은 즐거운 것인데 나는 그것을 모르고 살았다. 이따금 서서 하늘도 올려다 보고 이웃집 담 너머도 기웃거리며 소소한 사연도 줍고 사는 삶이 즐겁다. 산을 오를 때는 옆 사람도 보고 이따금 바람과 손도 잡으면서 가야 하는데, 대부분의 사람들은 무조건 정상을 향해 전력을 쏟는다.

어느 사업가가 등산하면서 들려준 얘기가 잊히지를 않는다. 처음에는 일행들과 같이 출발했으나 그는 혼자 뛰어서 정상에 올라갔다. 내려올 때 보니 다른 이들은 오를 때 사귄 사람들과 담소를 나누면서 내려오더라는 것이었다.

오를 때는 목표만 향해 오른다. 또 오르고 보면 별것 아닌 것처럼 인생도 지나고 보면 부질없었던 일에 목숨 걸었던 게 더 많았던 것 같다. 정상에서 아래를 내려다보면 세상을 다 얻은 것 같지만 산을 내려오면 또 다른 일상에 시들해진다.

서해바다의 석양이 수평선 쪽으로 내려앉았다. 태양은 언제 봐도 눈부셨다. 지는 해는 유난히 불꽃처럼 타올랐다. 도시에서는 보기 드문 광경이었다. 높은 벽 사이에 막혀 있는 붉은 기운과 해의 조각 그림을 보았던 게 언제였던가.

태양은 다시 떠오르지만 사람은 어느 순간 지구 속에 모습을 드러내지 못한다. 이미 잘 알고 있던 사실이 왜 순간 사무치게 다가오는 것일까.

태양이 하루를 갈무리하듯 마지막 힘을 다해 뒤척이다가 빛의 조각들은 어둠 속에 숨어 버렸다. 해는 얼굴을 감추고도 주황색 비단 옷자락의 여운은 여전히 남아 있다. 빛은 하늘로 올라가고 수평선에 노을로 퍼졌다. 붉은 해가 넘어간 뒤의 노을빛은 장관이다. 장엄한 침묵의 세계, 생의 저쪽 삶의 끝도 그런 노을이라면 아름답지 않을까.

찬란한 태양으로 떠오르다가 마지막 불꽃처럼 뜨겁게 살다가는 사람도 있지만, 존재도 없이 태어났다가 사라지는 사람도 있다.

노을을 보고 있자니 만상이 교차했다. 고향집 들창에서 보던 노을은 황홀하기만 했다. 세상에 두려울 것이 없었던 무모한 오만, 하릴없이 흘려보낸 시간들. 살아오면서 여러 길이 있었다. 좀 더 편히 갈 수 있는 지름길을 외면하고 애써 에돌아갔던 일이 많았다. 한 번뿐인 인생을 헛된 아집 때문에 방황했던 것 같다. 지금은 후회 없는 길을 가고 있는가, 가끔 자신에게 묻게 된다.

노을 앞에 선 내 초라한 실체를 본다. 일상을 벗어난 시간 밖에서 내 사유는 거침없이 속내를 풀어낸다. 삶의 무게에 눌려 잊혔던 일들. 인간의 본질을 외면한 무례함이 죽음 앞에 낱낱이 드러난다. 아무것도 거역할 수 없는 사실 앞에 나는 망연자실한다.

　내게 주어진 한정된 시간. 이젠 일상도 시간 밖에서 사는 삶도 같은 가치를 두고 싶다.

누가 정의로운가?

지난해 3월 초, 해가 이울어 가는 시간이었다. '우리옷 질경이'에서 '윤동주 탄생 백 주년 기념 특별전'을 열었다. 일본인이 쓴 '한글 서예전'도 같이 열렸는데 스무 평쯤 되는 무봉헌 벽마다 50여 점의 작품이 걸려 있었다. 한국 문화에 관심이 많고 윤동주 시인을 좋아하는 남녀 회원 20여 명이 한글로 시를 썼다. 낮에는 질경이 우리옷을 입고 창경궁을 돌아보는 행사도 가졌다.

삼십 대 후반쯤 되어 보이는 일본 여성 사회자는 야윈 몸에 갸름하고 예쁘장한 얼굴이었다. 시인이 일본에서 겪었던 삶과 흔적을 설명하고, 시인의 육촌동생인 윤형주 씨가 통역을 해 주었다. 사회자의 아버지가 시인이 감옥에 있었을 때부터 돌아간 후의 모든 일을 도와주었다고 한다.

"얼마나 오랜 생에 인연이 쌓였기에 일이 일어날 때마다 만나게 되었을까요?"

사회자는 떨리는 목소리로 말했다. 가슴이 뭉클했다. 같은 민족도 아닌 사람이 인간적인 도움을 준 것은 우연치고는 예사가 아니라는 생각이 스쳐갔다.

사회자의 인사가 끝나고 윤형주 씨가 '이야기와 노래'를 진행했다. 시인이 연희전문 라일락 피는 언덕에서 4월에 썼다는 〈별 헤는 밤〉을 노래했다. 우리는 어깨를 맞대고 손뼉을 치며 따라 불렀다. 윤 시인의 유전인지 그도 별을 노래하게 되었단다. 감미로운 노래가 이어지고 청중들은 감동의 분위기에 출렁거렸다. 연말부터 시달렸던 탄핵 정국에 한줄기 소나기 같은 신선함이었다.

그러나 그것도 한순간, 도로에서 큰 소리가 들려왔다. 창문에 촛불이 환하게 비쳤다. 밖을 내다보니 시위대들이 총리공관으로 몰려가려는 것을 전경들이 바리케이드를 치고 막고 있었다. 창문 하나를 사이에 두고 극과 극의 상황이 벌어지고 있었다. 밖의 소란에 아랑곳없이 행사는 계속되었다. 나는 가슴이 철렁 내려앉았다.

내가 지금 방안에서 즐기고 있는 시간에 저들은 밖에서

정치적 구호를 쏟아내고 있다. 일제 때는 빼앗긴 나라를 되찾고자 목숨을 걸고 싸웠다. 가혹한 만행에 불복하고 애국심으로 버티면서 나라를 찾으려고 했다. 그런데 지금 시국은 어떤가. 같은 국민끼리 보수와 진보로 나뉘어 정권을 잡기 위해 온갖 모함과 비난을 일삼는다. 한 국가 안에서 저렇게 양극단으로 달려가야만 하는지 서글픈 생각이 들었다.

며칠 전 삼일절에도 양쪽에서 따로 집회를 가졌다. 빼앗긴 나라를 찾자고 온 국민이 태극기를 들고 거리로 나섰던 날, 수많은 애국지사와 국민들이 목숨 바쳐 이룩한 독립을 기념하던 날, 우리는 지금 서로 갈라져 다른 구호를 외치고 있다.

잠시 후 폭풍은 지나갔다. 시인의 시를 젊은 가수 서상욱 씨가 작곡해 노래로 만들었다. 일본에서도 공연할 예정이라고 했다. 어수선한 마음을 가라앉히려고 시화전을 돌아보았다. 초로의 회원들이 한글을 배우면서 화선지에 써내려간, 그것도 이국에까지 와서 전시회를 하는 정성이 고마웠다. 비록 일부 사람들이지만 과거의 잘못을 넘어서고 화해를 청하는 전시회가 흔쾌할 수만은 없었다. 원망은 어느 한쪽이 쉬어야 끝이 난다고 하지 않던가.

한 시각이 지났을까. 또 한 무리의 물결이 "대한민국 만세"를 외쳐댔다. 나는 심기가 불편했다. 일제 때는 국가와 민족의 개념인 하나의 통일된 모습을 보였다. 현재는 집단 야욕을 위해서 좌와 우가 양쪽으로 갈렸다. 정부의 민낯을 그대로 보여 주고 있는 현실.

몇 해 전 광우병 사태 때는 폭력적이고 화염병이 날아다녔다. 거기에 비해 문화공연을 하며 평화롭고 질서 있게 시위를 하는 것은 다행이다. 많은 시민들의 자발적인 참여와 정치인들도 합세했다.

촛불을 든 자는 탄핵을 찬성하고 태극기를 든 자는 탄핵을 반대했다. 모두 나라를 위한 애국심의 발로인 것은 틀림없다. 다만 이념이 다를 뿐이다. 양극단으로 갈수록 중도에서 타협점을 찾기는 어려워질 것이다. 유한한 세상에서 쫓는 자와 쫓기는 자가 공존할 수 있는 방법은 없는가. 암울한 생각이 든다. 어느 쪽이 정의로운지는 후대의 역사가 말해 줄 것이다.

여흥은 한창 무르익었다. 나는 더 이상 앉아 있을 수가 없어 슬며시 빠져나왔다.

낡은 것에 대하여

지난겨울 어느 모임에서 있었던 일이다. 거실 바닥에 두 다리를 뻗었다. 온돌방에 앉은 것처럼 긴장이 풀렸다. 그때 내 옆에 앉았던 젊은 친구가 제 옆 친구에게 내 발을 손가락으로 가리키면서 키득거렸다. 나는 한술 더 떠서 의연하게 바짓가랑이를 걷어올렸다.

"이봐, 내복도 기웠는데."

그들은 솔기가 헤어져 꿰맨 내복을 보고 어이가 없다는 듯 멋쩍게 웃었다. 그때 나보다 여남은 살 아래인 친구가 거들었다.

"양말 끝 꿰맨 게 무슨 대수야."

하면서 티셔츠 앞이 해져 얽어맨 것을 보여 주었다. 또 다른 친구는 팔꿈치에 덧댄 옷을 치켜올리며 구원투수인

양 팔을 흔들었다. 모든 것이 궁핍하던 시대를 살아온 사람들은 여전히 검소함이 몸에 배어 있었다. 다 그런 건 아니지만 사람 사는 것이 별다를 게 없구나 하는 생각이 들었다.

화제는 엉뚱한 방향으로 흘러갔다. 춘궁기에 나물죽을 먹고, 익지도 않은 밀청대를 베어다가 구워 먹던 서글픈 사연, 보리밥도 실컷 먹을 수 없었던 눈물겨운 얘기들을 풀어놓았다. 6 · 25 때 배고팠던 설움을 말할 때는 폭풍 전야처럼 얼굴 표정이 살벌해 보였다. 아마도 그 시절을 겪어 보지 않은 이들은 〈흥부전〉만큼이나 신기했을 것이다.

내가 열 살쯤 되었을까? 어머니는 내게 호롱불 아래서 떨어진 양말과 버선에 볼을 대고 감치는 일을 시키셨다. 그때는 알뜰한 것보다 궁상스러워 싫다고 불평을 하면 "헌것이 있어야 새것이 있다"고 나무라셨다. 작은 천조각도 모아두고 떨어진 속옷도 함부로 버리지 않고 걸레로 쓰셨다. 작아서 못 입는 옷은 이웃 아이에게 새 옷을 얹어 주었다. 어머니는 새 옷은 남에게 주고 당신은 낡은 옷을 입으셨다. 지금은 내가 어머니를 닮아서인지 구차스럽게 굴다가 아이들과 말씨름 할 때가 있다. 나의 습관은 쉽게 떨어내지 못할 것 같다.

모든 일이 때가 있어서 젊은 친구들이 이해하지 못하는 것이 수긍이 갔다. 풍요 속에 살아온 그들의 생각이 다를 뿐, 어떤 것이 옳고 그르다는 차원이 아니다. 나도 한때는 시류에 따라 쇼핑을 했다. 헛된 욕망에서 벗어나지 못했고, 체면을 차리는 일에 앞섰고, 허세에 타협하려고 그런 적도 없지 않았다. 헌옷을 입고도 초라하지 않을 당당한 용기가 없었다.

　물론 나도 낡은 것에만 애착이 가는 것은 아니다. 새로운 생활용품도 외면하지 않았다. 냉장고나 에어컨 같은 가전제품도 제 수명을 다하면 바꾸지 않을 수 없었다. 다만 낡은 것을 아끼고 쉽게 바꾸지 못하는 것은 생활의 여유가 없었던 변명인지도 모른다.

　때로는 낡은 것에도 소중한 가치가 있는 것이 있다. 유물이나 유품 같은 귀한 것이 아니더라도 버리지 못하는 물건이 있다. 보리수 열매가 닳아 버린 염주는 열반하신 스님을 떠올리게 한다. 벽에 걸려 있는 빛바랜 그림이나 글씨는 선물 준 사람의 정리를 잊지 못해서였다. 거실에 걸린 벽시계는 언제 적 것이냐고 하지만 나에게 충성하는 오직 하나, 신의를 배반할 수가 없어 선뜻 바꾸지 못했다.

어디 그것뿐이랴. 오래 신은 구두는 먼 길 갈 때 편해서 버리지 않았다. 새로 산 구두로 진통을 겪고 난 후유증이 남아서다. 특히 속옷이나 손수건은 오래될수록 부드러워져 몸에 안기는 살가움이 있다. 오랜 친구처럼. 시간이 흘러간 만큼 손때 묻은 흔적이 있다. 새 옷이 주는 생소함과 불편함보다 헌옷은 익숙한 안도감과 편안함 때문이리라.

우리 세대라고 다 검소한 습관이 있는 것은 아니다. 어떤 친구들을 만나면 화제가 요즘 유행하는 옷이고 쇼핑이다. 맛집도 빼놓을 수 없다. 갈 날이 멀지 않으니 실컷 누려야겠단다. 그 말도 나름 일리가 있어 기꺼이 들어준다. 그러나 속마음은 호기심보다 갈무리하는 데 마음을 쓰고 싶다는 결론을 내린다.

인생도 연륜이 쌓인 만큼 허망이 깊어진다고도 하지만 고통을 감내한 여유로움이어서일까. 내면에 다져진 인내심이어서일까. 아니면 포개진 세월의 체념이어서일까. 무념무상 하는 시간에 나는 익숙해진다.

서산이 가까워 오니 대낮인데도 수시로 어둠이 몰려옴을 느낀다. 나를 향한 연민으로 낡은 것에 눈길이 더 머무는지도 모른다.

5. 오래된 사진 한 장

오래된 사진 한 장

아버지 제사 때 막내 여동생에게 온양에 같이 가자고 전화를 걸었다. 그 애는 말을 못하고 울기부터 했다. 무슨 일이냐고 다그치자 막내 남동생이 많이 아프다고 했다. 믿어지지 않았다. 폐암이 다른 장기에 전이되어 수술도 받지 못할 정도라는 것이었다.

청천벽력이었다. 온몸이 후들거렸다. 딸에게 전화를 걸어 아픈 남편을 부탁하고 서울역에서 기차를 탔다. 온갖 생각이 검은 구름처럼 몰려왔다.

두 달 전 어머니 제사를 지내고 서둘러 밤기차를 타려고 나서는데 막내 남동생이 말했다.

"형하고 한번 매부 보러 갈게."

"매부는 걱정하지 마, 식사 잘하고 그만하니까."

나는 그때 무심히 지나쳐 버렸는데 제 딴에는 이미 병세를 알고 있었던가. 동생한테는 그럴 만한 이유가 있었다. 유학 갔던 아들이 갑자기 희귀병으로 2년여 병원을 드나들고 있었다. 생때같은 자식이 누웠으니 제 몸을 챙길 겨를이 없었을 것이다. 남에게 알리고 싶지 않다고 한다기에 모른 체하고 지내던 터였다.

헌칠한 키에 이목구비가 반듯한 동생은 보기 드문 호인이다. 팔남매 막내지만 성품이 넉넉해 동기간뿐 아니라 주위 사람들을 물심양면으로 도와주었다. 그러고도 힘든 내색을 하지 않았다. 말없이 씩 웃어 주고 되돌아서면 그만이었다. 내성적인 성격에 지나치게 꼼꼼하고 깔끔해서 동생이라도 대하기가 어려웠다.

아홉 살에 아버지를 여의었으니 외롭고 힘든 일이 많았을 텐데도 불평하지 않았다. 나는 내 설움에 동생들을 살갑게 보살피지 못했다. 내가 결혼하고 동생들이 이웃에서 하숙을 하였다. 다른 동생들은 자주 놀러왔지만 그 애는 한 번도 오지 않았다. 누구에게 의지하지 않고 묵묵히 제 몫을 하였다.

평생 살아온 집을 떠나기 싫어하는 어머니를 돌아가실

때까지 그 집에서 모셨다. 그러고도 아직 그 집을 지키고 있다. 그런 올케에게 잘해 주지도 못했다. 외식을 할 때면 언제나 미리 계산을 해 버리는 바람에 밥 한 그릇 사 준 일이 없고, 벼르기만 하다가 여행 한 번 같이 갈 기회도 없었다. 형제이면서도 만나면 반갑고 헤어지면 무심해지는 덧없이 보낸 시간들이 사라지는 노을처럼 아쉬웠다. 맏언니와 오빠를 보냈지만 동생이라 더 애틋한 정이 가는 걸까.

천안역에 내려 순천향병원을 가는 동안 아무것도 보이지 않았다. 정신은 멘붕상태로 들판의 허수아비같이 흔들렸다. 병실 문 앞에 갔을 때 동생을 볼 자신이 없었다. 얼굴이 보이지 않는 가면이라도 쓰고 싶었다. 숨이 멎는 듯 가슴이 조여 왔다.

병실 문을 열었다. 친구들 서너 명이 환담을 나누고 있었다. 잠시 주춤했다. 그러나 태연하게 동생에게로 다가갔다. 그리고 아무 말도 하지 않았다. 아니, 할 말이 없었다.

머리를 깎은 동생은 나를 보고 씩 웃더니 겸연쩍은지 고개를 떨어뜨렸다. 잠시 후 그는 고해성사를 하듯 담담하게 털어놓았다. 서울대병원에서도 항암치료를 받는 것 외에 다른 방법이 없다고 했단다. 구태여 갈 필요가 없을 것 같아 집 가까운 데서 치료를 받을 거라고 했다.

그런 반면 올케는 포기하지 않고 서울에 더 좋은 치료방법이 있을 거라며 불만을 터뜨렸다. 내가 다시 생각해 보면 어떻겠냐고 거들었더니 단호하게 거절했다. 이미 죽음을 수용할 각오가 되어 있다며 쓸쓸한 미소를 지었다.

그 입장도 이해되고 올케의 의견도 무시할 수가 없었다. 마음이 급해졌다. 언니와 오빠를 찾아갔다. 환자에게 도움이 된다면 형제들이 보쌈을 해서라도 서울에 가야 하지 않겠느냐고 강하게 말했다. 오빠도 몇 차례 간청해 봤는데 본인 의사를 꺾을 수가 없다고 침통하게 대답했다.

두어 시간 궁리를 했지만 어떤 말도 메아리처럼 허공에서 부서질 뿐이었다. 해 줄 수 있는 일은 아무것도 없었다. 기적이 없는 한 제 스스로 극한의 어려움을 딛고 일어서길 바랄 뿐. 나는 가면을 쓴 광대처럼 허둥대고 있다.

온양에 다녀온 지 3주가 지나도록 연락을 하지 못했다. 아니, 하지 않았다. 창밖에 눈이 내렸다. 불현듯 동생이 보고 싶었다. 계절 따라 내리는 눈이지만 동생이 무슨 생각을 하고 있을까 불안했다. 할 수만 있다면 치마폭으로라도 가려주고 싶었다. 이대로 시간이 정지했으면 하는 엉뚱한 생각도 들었다.

배낭을 짊어지고 백화점에 들렀다가 딸과 함께 온양에 갔다. 날씨는 매서웠으나 다행히 눈은 내리지 않았다. 마음이 놓였다. 일요일이어서인지 서울에서 여동생 내외와 온양 사는 언니와 조카들이 와 있었다. 동생은 엊그제 두 번째 주사를 맞았다고 하는데 표정이 밝아 보였다.

그때 기다렸다는 듯 언니가 흑백사진 한 장을 내밀었다. 세상에, 1955년 10월 4일이라니. 정확히 62년 전이었다. 나는 중학교 1학년 하얀 교복을 입고 있었다. 언니가 사진첩에서 찾아 조그만 사진을 확대했다는데 얼굴 윤곽들이 제법 선명했다.

마른 풀숲 언덕에 팔남매 중 밑으로 오남매가 비스듬히 앉아 있었다. 아버지가 돌아가시기 전 해, 초등학교 운동회 날이었다. 막냇동생은 하얀 운동복을 입고 있었다. 머리를 알밤처럼 매끈하게 깎은 것이 계집애처럼 곱상했다. 지금 모습에 그 사진이 오버랩되어 더 애틋한 아픔이 밀려왔다.

잠시 슬픔을 잊은 채 우리는 사진을 보면서 즐겁게 웃었다. 거기에는 많은 이야기가 담겨 있었다. 농사일이 바쁘다고 운동회에 한 번도 참석하지 않으신 어머니에 대한 원망도, 집안일 때문에 결석을 밥먹듯 한 언니의 서러움도, 누나를 짓궂게 놀려대던 동생들에 대한 미움도 다 녹아내렸다. 정답고 아쉬운 그리움뿐이었다.

억만금을 준다 한들 그 시절로 돌아갈 수 있겠는가. 지금 그런 사진을 다시 찍을 수 있을까. 희한한 일은 조카들의 모습이 제 부모의 어릴 적 모습과 판박이같이 닮았으니 DNA의 정체는 속일 수가 없구나 하는 생각을 했다. 동생도 그 사진을 탁자 위에 놓아 두었다. 동기간이 그리울 때 위안이 되었으면 좋겠다.

뜻밖의 사진 한 장으로 우리는 잠시 행복했다. 앞으로는 그 사진 속 동생으로 기억하리라. 되돌아갈 수는 없어도 지금이라도 형제애를 붙들고 싶었다. 작은 남동생은 빠졌지만 넷이라도 힘껏 껴안고 싶어 사진을 찍자고 했다.

동생은 빙그레 웃으며 옆에 있던 모자를 슬그머니 집어 들었다. 무심히 지나가는 일상이 언젠가 가슴 뭉클한 순간을 연출해 준다. 더 이상도 말고 이 상태에서 우리 형제들 웃음소리를 들을 수 있다면 여한이 없겠다.

추억의 기차를 타고

언제나 고향에 갈 때면 저물녘 기차를 탄다. 차창에 비친 노을을 누구와도 나누고 싶지 않아서 되도록 혼자서 다니곤 한다. 거기에는 격랑을 돌아온 잃어버린 기억들이 많은 사연을 간직하고 있다.

기차는 길벗 없는 나그네들이 쉴 곳을 찾아 떠나는 항구와도 같다. 타향살이의 설움을 달래기보다 더 많은 상념이 밀려오던 곳. 어떤 때는 희망에 불타오르다가 또 좌절하여 멈추기도 했던. 그러나 지나고 보니 고통스러운 일조차 소중하다.

남의 얘기를 귀 기울여 듣던 시절, 기차를 타면 낯익은 얼굴을 만날까 싶어 두리번거렸다. 고향 어른이라도 만나면 부모를 만난 듯 반갑고 인정이 넘쳤다. 좌석에 앉았던

총각들은 서 있는 처녀에게 자리를 양보해 주며 치근덕거리기가 예사였고, 운이 좋으면 자연스레 데이트가 이루어졌다. 그래서인지 그 시절에는 지금보다 노총각이 적었던 것 같다.

차창에 비친 풍경도 정겨웠다. 요즘같이 사시사철 비닐하우스가 들녘을 넘보는 일은 없었다. 이른봄 들판에는 보리싹이 싱그러웠고 여름에는 가뭄에 쩍쩍 갈라진 논에 힘겹게 서 있던 벼 포기들이 대견스러웠다. 장대 같은 수수가 고개 숙이던 가을을 지나 추수 끝난 먼 들녘에 휘몰아치던 바람조차도 포근했다.

어둑어둑해질 무렵 산 밑에서 모락모락 올라오던 저녁 연기는 시장기를 불러 고향길을 재촉했다. 천안은 환승역이라 정차 시간이 길었다. 추운 겨울 플랫폼에서 팔던 멸치국물 우동국수가 왜 그리 맛있었던지. 언제나 후루룩 다 먹기도 전에 기차는 떠났다.

진학의 꿈을 품고 어머니조차 모르게 무작정 친구 찾아 상경한 날도 기차를 탔었다. 세상이 나를 위해 존재하는 것같이 거칠 것이 없었다. 내 인생의 전환점이 그곳에서 이루어졌다고 생각할 때도 있지만, 운명은 그때 이미 정해져 있었나 보다.

어느 해 가을 서울에 올라가던 길이었다. 기차 안은 앉은 사람보다 서 있는 사람이 더 많았다. 선반에도 짐이 빈틈없이 올라앉았다. 좁은 틈에 짐을 놓고 간신히 비집고 서 있는데 어디에 부딪혔는지 간장병이 깨져 버렸다. 요즘은 액체를 플라스틱병에 담지만 60년대는 유리병을 사용했다. 나는 자취를 했기 때문에 그날도 간장을 됫병에 넣어 밀가루 부대에 꼭꼭 싸서 올라가던 참이었다. 객실에 냄새가 진동했고 날카로운 유리조각은 객실 바닥 사방으로 흩어졌다. 주위에 있던 사람들이 사정없이 투덜거리는데 나는 몸 둘 바를 모르고 우두커니 서 있었다.

그때 어디선가 한 남학생이 잽싸게 신문지를 구해 왔다. 그는 신문지로 유리를 긁어모으고 바닥을 씻어 냈다. 내가 치우려고 하자 그는 제 것인 양 사람들에게 굽실거리고 사과했다. 황당했던 그 자리를 모면했으면서 감사하다는 말 한마디로 피해 버렸다. 끝내 잊어버리고 있었던 그 일이 씁쓸하게 어른거렸다.

향수는 잃어버린 시간에 대한 추억이자 순수한 그리움이다. 과거라는 시간도 주인공도 뚜렷이 존재하지 않지만 그들과 함께했던 아련한 추억은 남아 가슴 저미게 한다.

대학 2학년 방학이던가, 시골집에 내려가던 찻간에서였다. 피난 내려와 앞집에 살다가 서울로 고등학교를 간 남학생을 만났다. 상대방이 아는 체를 하지 않았으면 몰라볼 뻔했다. 돌아가신 아버지가 그를 각별히 대했었다는 말을 그에게서 들은 적이 있어 약간은 관심이 가기도 했었다. 훤칠한 키에 단정한 용모 때문이었는지 여학생들이 곁눈질깨나 했었다. 여학교 때 그에게 예쁜 그림엽서를 받은 적이 있다.

그런데 그때 자란 키가 멎어 버린 걸까, 아니면 군복을 입은 시커먼 모습 때문인지 초라해 보였다. 시건방이 들었던 나의 호기심은 여지없이 무너져 내렸다.

반세기가 지난 지금 와서 그 일이 떠오르는 것은 허상을 쫓아다녔던 죄책감 때문일까. 혹자는 인간의 욕망이 운명을 좌우한다지만 그건 결과론인 것 같다. 알게 모르게 지은 업이 인연 따라 나타나는 것이지 우연이란 존재하지 않는 것 같다. 내가 인생을 고단하게 돌아온 것도 어쩌면 필연의 업보일 것이다.

한 시간이 조금 지났을까. 기차에서 내리는 순간 모든

상념은 깨어졌다. 먼저 내려간 남편이 두 밤이 지났는데 이방인과 같이 낯선 것은 아직도 꿈속을 헤어나지 못한 걸까.

생각만 해도 가슴 떨리던 고향은 더 이상 그리움이 아니고 서글픔이었다. 추억은 꿈으로서 소중한 것이다. 고향은 거기 여전히 그대로인데 변한 것은 수용할 수 없는 때 묻은 내 마음이었다.

요즘은 고속열차로 생활은 편리해졌지만 메아리처럼 울리던 기적 소리는 간 데가 없다. 그래도 옛날에는 속도는 느려도 작은 마을까지 찾아 주던 인정이 있었다.

요즘도 고향 가는 길에는 해질녘 기차를 탄다. 비록 내 마음을 울려 주던 기적 소리는 들을 수 없어도 차창에 비친 노을 속에 옛 추억이 그리워서다.

바다는 침묵했다

6월의 강릉 바다는 한가로웠다. 멀리 조각배가 떠가고 갈매기 서너 마리가 낮게 날았다. 사나운 파도를 잠재운 물결은 짜드락거리며 모래톱을 핥고 있었다. 이따금 철석거리는 소리가 육지를 향한 그리움 같았다. 구름이 잔뜩 내려앉은 바다는 표면상으로는 고요하고 잔잔하여 속내를 드러내지 않았다.

바다는 매순간 삶과 죽음의 경계를 넘나들고 지워 버렸다. 파도가 만들어 놓은 해안선에서 슬픔은 생겨나기도 하고 사라지기도 했다. 나의 시선은 초점을 잃었다.

지난봄은 하늘을 바라보기도 민망한 나날이었다. 유난히 춥던 겨울을 이겨 낸 수목들이 꽃과 잎을 피워 냈지만 나는 경이롭게 느껴지지 않았다. 이 세상을 정지시키고 싶었다. 아니, 내 삶의 흔적들을 지워 버리고 싶었다.

내 심정은 폭풍이라도 만나길 바랐는데, 바다는 침묵했다. 내가 입을 닫은 것처럼 바다도 내게 들려줄 말이 없었던가. 젊은 날 바다에 가면 풍덩 빠져 버리고 싶은 유혹을 받았다. 지금 그런 감정은 남아 있지 않았다. 내 시선은 수평선 너머에 고정되었다.

아이들이 어렸을 때 해마다 여름방학을 동해에서 보냈다. 저마다 크고 작은 배낭을 메고 예닐곱 시간 버스를 탔다. 경포대서부터 하조대도 가고 주로 양양에 있는 민박촌 안방을 빌려 열흘 이상을 묵었다. 내 집처럼 텔레비전을 보고 아침 일찍 공판장에서 해산물을 사다가 냉장고를 채워 넣었다.

남편은 바다가 무섭다는 아이들을 끈질기게 수영을 가르쳤다. 물속에서 허우적거리지 않을 만큼 익숙해지자 그는 슬그머니 우리 시야에서 멀어졌다. 6·25 전에 한강을 도강했다던 실력을 과시하고 싶었던가.

어느 날 그이가 보이지 않았다. 모두들 찾고 있는데 수영 경계선 가까이에서 손짓을 했다. 아이들이 겁이 나서 소리쳤다.

"아빠! 빨리 돌아오세요!"

그는 보란 듯이 손을 치켜들고 흔들어댔다.

"일본 갔다 올께."

아이들이 눈이 휘둥그레져가지고 펄쩍뛰었다.

"안돼요!"

나도 걱정이 되어 마음을 졸이고 있는데 그이는 어느새 우리들 곁에 와서 놀라게 했다.

우리 가족은 남편의 중력에 따라 움직였다. 새벽이면 오색약수터에 가서 물을 마시고, 비 오는 날은 낙산사에 가서 풍경 소리를 들었다. 한낮에는 해변을 따라 걸었다. 해변에는 해녀들이 바로 잡아온 해삼과 전복들을 손질하여 팔았다. 칼질을 해도 팔딱거리던 해삼의 생동감, 혀끝에 감돌던 그 향미를 지금도 잊을 수 없다.

그 아이들이 지금은 제 아빠가 했던 것처럼 아이들을 데리고 여행을 한다. 인생은 영원히 머무는 것이 아니라 잠깐 지나가는 것이라는 걸 그 아이들도 알까?

세월이 가고 인심은 달라졌어도 추억은 발걸음마다 따라다녔다. 산이 거기 있고 바다가 있고 추억이 남아 있는 한….

사람들은 추억을 잊지 않으려고 사진을 찍고 녹음을 하여 마음속에 간직한다. 그 사람은 떠났고 지워졌으나 추억으로 다시 이어진다. 쌓았다가 허물어지는 바닷가 모래성처럼. 결국은 헛되도다 헛되도다를 되뇌면서. 인생은 아무것도 아닌 무상이란 것을 다시 실감한다.

다음 날도 바다는 깊은 수면에 들어 있다. 일상의 습관처럼 치장하고 은폐했던 속내를 감추고 있다. 머지않아 다가올 작열하는 태양과 북적거릴 인파를 맞을 준비를 하는 것인가. 바다는 더 넓은 가슴과 아름다운 추억과 오래 남을 역사를 만들어 가기 위해 오늘도 깊은 침묵에 잠겨 있다.

파도를 만나지 못해 실컷 퍼부어도 들어줄 사람을 찾지 못했다. 나는 아무 말도 못하고 바라만 보다가 무겁게 발걸음을 돌렸다.

저녁노을이 바다를 물들이고 있었다.

나는 오늘도 살생을 했다

어릴 적 농가는 가축들의 공연장이었다. 대문을 들어서면 송아지만 한 누렁이가 혀를 빼물고 앉아 있고, 앞마당은 닭과 거위가 점령했다. 뒷마당 외양간에서는 황소가 침을 흘리며 되새김질을 하고, 대문 밖 돼지우리에서 돼지들은 시도 때도 없이 꿀꿀거렸다.

새벽녘 장닭이 홰를 치면 누렁이도 덩달아 짖고, 그렇게 하루가 시작됐다. 그들은 허기진 배를 채우면 절대로 남의 밥그릇을 기웃거리지 않았다. 그럼에도 인간에게 그들은 파리 목숨이었다. 동이 틀 무렵 외마디 소리에 놀라 깨어 나가 보면 샘가는 도살장이 되어 있었다. 사람들은 피투성이가 된 사체를 아무렇지도 않게 난도질을 해댔다. 평소에는 닭들의 수난이 잦았지만, 복날이 되면 으레 누렁이가 끌려 나왔다. 명절이나 잔칫날에는 다른 가축들도 화를 입었다.

그런 날은 온 집안에 피비린내가 진동했다. 가마솥에 장작불을 지피고 사람들의 발걸음이 빨라졌다. 떠들썩하게 웃음소리가 나도 나는 밖에 나가지 않았다. 유리문 틈으로 훔쳐보며 빨리 끝나기를 기다렸다. 그래서 나는 그것들을 먹지 않았다.

그러던 내가 가정을 꾸리면서 어느 순간부터인가 살생을 하게 되었다. 삼십 대 후반 어느 여름날이었다. 저녁 무렵 시장에 갔더니 사람들이 모여 있어 들여다보니 늙수그레한 여자가 큰 양동이에 펄펄 뛰는 잉어를 담아 놓고 팔고 있었다. 장마 끝이라 잉어가 많이 잡혔다고 했다. 아주머니들이 몸보신한다고 앞다퉈 흥정을 했다.

유난히 더위를 타는 남편 생각이 났다. 순간 갈등이 왔다. 한 번도 물고기를 사서 손질해 보지 않았는데 어찌할까 싶어서였다. 뒤돌아가려다 생각해 보니 금방 다 팔려 버릴 것 같았다. 순간 욕심이 났다. 얼른 큰 것으로 한 마리를 샀다. 팔딱거리는 게 겁이 나서 죽여서 달라고 했더니 산 채로 요리해야 효과가 있다면서 아주머니는 망 속에 넣어 꽁꽁 묶어 비닐에 다시 넣어 주었다. 그런데도 어찌나 요동을 치는지 몸에 닿을까 봐 겁이 났다.

집에 와서 뒤꼍에 화덕을 놓고 시키는 대로 들통에 참기름 한 숟갈을 떨어뜨렸다. 잉어를 넣은 다음 뚜껑을 덮고 그 위에 큼직한 돌을 얹어 놓았다. 아뿔싸, 미처 돌아서기도 전에 뚜껑을 밀치고 잉어가 튀어나왔다. 땅에 떨어져 엎치락뒤치락거리는데 나는 그만 혼비백산하여 부엌에 숨어 버렸다. 한 삼십 분이 지났을까, 잠잠하기에 내다봤더니 제풀에 지쳐 늘어져 있었다.

숨이 멎을 것 같은 긴장의 나날들. 남편은 젊어서부터 대나무처럼 휘청거렸다. 식성도 성격만큼이나 까다로웠다. 큰애도 판박이같이 닮았다. 두 사람을 일으켜 세워야 하는 건 나의 의무이자 자존심이고, 내가 버틸 수 있었던 오기였는지도 모른다. 끊임없이 나를 시험해 보고 닦달하는 것이 내가 사는 이유였으니까.

여학교 선생님이 되고 싶었다. 대학을 졸업하자 모교에서 은사님이 자리를 마련해 주셨다. 그러나 큰오빠는 "여자는 결혼하면 가족의 건강을 지키는 일이 제일이다"며 단칼에 거절했다. 지금도 그 말에 못이 박혔는지 식구가 아프면 내 탓인가 주눅이 든다.

그 후로는 한동안 물고기를 사지 않았는데, 요즘 슬슬
보신에 대한 욕구가 다시 고개를 들었다. 그 욕구는 여름
만 되면 더 발동한다. 누구의 사주를 받은 것도, 누구를
위해서도 아니라 나를 위해서다. 먹잇감은 도처에 널려
있다. 어떤 종류인지 어디서 왔는지, 물고기가 되었든 낙
지가 되었든 가릴 필요도 없다. 눈이 말똥하게 살아 있는
놈이면 족하다.

산낙지 몇 놈을 잡아왔더니 겁을 먹었는지 납작 엎드려
있다. 어떤 요리를 할까 쳐다보고 있자니 제 놈들도 살 궁
리를 하는지 어깨를 맞대고 꿈틀대고 있다. 시간을 끌면
서로 힘들어질 테니 속히 처리해야 할 것 같았다.

숫돌에 칼을 쓱쓱 문질러 시퍼렇게 날을 세운다. 내 안
에서도 서슬이 번쩍하는 칼날이 선다. 한 손에 칼을 들고
다른 손으로 버둥거리는 놈의 머리를 낚아챈다. 물컹한
촉감에 전신에 전율이 느껴진다. 재빨리 사형대에 팽개친
다. 뼈다귀도 없는 체구에 부드러운 살결. 여덟 개의 다리
인지 팔인지 구분할 수 없는 하체. 버둥거리다 오그라들
면 한줌도 안 되는 생명. 잠시 멈칫해진다. 기왕 시작했으

면 철저하게 용감해져야 한다고 자신에게 최면을 건다.

먼저 머리를 잘라 숨통을 끊는다. 검붉은 피와 함께 내장이 한손에 잡힌다. 몸통을 내려치려는데 하체의 돌기가 빳빳이 선다. 팔다리가 사방으로 흩어진다. 팔다리를 잡아 다시 잔 토막을 내려고 하니 손에 붙어 떨어지지 않는다. 토막 난 육신들은 삶을 붙들려고 바동대고 나는 식욕을 채우려고 버둥댄다.

놈은 온몸이 다 잘려 나가도 신음조차 하지 않는다. 아니, 내가 듣지 못한 걸까. 강자 앞에서 오금을 펴지 못하는 나보다 용감하다는 생각이 스친다. 손에서 빠져 나가려는 나머지 놈들도 잡히는 대로 해치운다. 대여섯 놈을 죽이는 데 걸린 시간은 10여 분. 그것들이 몸부림칠수록 더욱 잔인해지는 나. 그런 내가 섬뜩하다.

나의 살생은 오랜 숙련을 거친 끝에 얻어진 기술이다. 처음에는 엄두도 내지 못했는데 하다 보니 유단자가 됐다. 어두운 밤을 기다릴 것도, 일말의 양심도 가책도 없이 환한 대낮에 해치워 버린다. 그동안 나로 해서 어둠 속으로 사라진 생명만도 부지기수다. 그 쌓인 행적으로 보면 죽어서 지옥행은 따 논 당상이다. 그런 줄 알면서도 그 짓을 멈추지 못하는 것은 코 아래 진상이 우선이라서다.

아직도 세포들은 살아 꿈틀거린다. 피가 꿈틀거리는 토막들을 친절하게도 깨끗이 씻어 갖은 도구를 동원하여 다시 화탕지옥에서 고문을 한다. 나는 이렇게 여름이면 사냥감을 찾아 살생을 일삼으면서 잃어버린 식욕을 찾는다.

큰일을 치른 뒤처럼 긴장이 풀린다. 오계五戒의 첫 구절도 실행을 못하면서 이따금 법당에 꿇어앉는다. 내 손에 죽어 간 모든 생명에게 참회를 하고 극락왕생을 기원한다. 다시 새 몸으로 태어날 땐 내 눈을 피해 가라고 부탁도 한다. 그러나 나는 내일도 살생의 유혹을 뿌리치지 못할 것 같다.

씻고, 닦다

창문을 열어 놓았더니 누워 있는 내 머리 위로 빗발이 들이쳤다. 실타래같이 엉켜 있던 머릿속이 씻은 듯 개운해졌다.

막내아들 내외가 주말에 오겠다고 연락이 왔다. 반가우면서도 오래전에 선배에게 들은 말이 떠올랐다.

"분가한 큰며느리는 저희 집에 오실 때는 미리 연락을 주시라고 하고, 작은며느리는 근처에 볼일이 있어 갔다가 잠깐 들렀더니 낯빛이 싸늘하더라."

그때 그런 경험이 없던 나는 긍정도 부정도 하지 못했다. 지금 생각하면 지극히 합리적인 요구인데도 듣는 사람 입장에선 껄끄러울 수도 있겠다 싶다. 나도 그런 상황이 되고 보니 자유롭지 못하다.

허나 저희들 처지만 그런 것이 아니다. 시어머니 입장에서도 정돈된 집을 보여 주고 싶은 것은 인지상정. 파장하는 난전처럼 늘어놓았다가도 누가 온다는 연락을 받으면 긴장의 끈을 놓지 못한다. 아무렇게나 벗어 놓은 옷가지도 장롱 속에 숨겨야 하고, 구석구석 쌓인 먼지며 싱크대 주변도 말끔히 닦아내야 한다. 그뿐인가, 서둘러 시장도 봐야 하고 아이스크림이나 딸기도 냉장고에 채워 넣어야 손자들의 환한 웃음을 더 많이 볼 수 있다.

나는 어려서부터 씻고 닦는 일을 싫어했다. 씻는 일보다 닦는 일은 더 싫었다. 일손이 부족한 어머니가 우리 자매들에게 너무 일찍 수업을 시켰기 때문이다. 설거지와 청소는 물론이고 잠시도 쉴 틈을 주지 않았다. 산더미같이 쌓인 그릇은 씻어 놓으면 깨끗했지만 몇 번씩 걸레를 빨아 닦은 마루는 표시도 나지 않았다. 다른 일은 시늉이라도 내었는데, 기왓장을 갈아 지푸라기로 닦는 놋그릇은 아무리 문질러도 광이 나지 않고 손에 새까맣게 묻어 지워지지도 않았다.

일상에서 씻고 닦는 일이 큰 비중을 차지하는 걸 보면 거스를 수 없는 생존 수단인가도 싶다. 태어나서 처음 하는 일도 씻는 일이고, 세상을 하직해서도 씻는 의식을 치른다. 씻고 닦는 일에 소홀하면 건강은 물론이고 체면에 흠집이 간다. 씻고 닦는 것은 상대에 대한 최소한의 예의이고 내가 건재하다는 증명이기도 하다.

피할 수 없으면 즐기라고 했던가. 어느 때부터인가 나도 생각을 바꾸기로 했다. 어차피 할 일이면 즐겁게 하려고 작심했더니 싫증이 무디어졌다. 마음이 심란한 날은 집안 구석구석을 들춰내 씻고 닦았다.

닦는 게 어찌 살림뿐이랴. 몸이 지쳐 갈 즈음이면 마음이 가라앉았다. 말갛게 닦인 그릇을 보는 즐거움보다 참회하는 마음이 더 컸을 것이다. 보이는 그릇이나 물건들은 열심히 씻고 닦으면 형체가 보이나 마음의 그릇은 가늠조차 할 수 없었다.

아이들이 어렸을 때 사월 초파일, 우이동에 있는 도선사에 가는 길이었다. 버스에서 내려 일주문을 올라가는데 사람들에 치여 발길을 옮길 수가 없었다. 길 양편에는 상인들이 좌판을 펴놓았고 그 틈새로 걸인들이 줄을 서서 손을 내밀었다. 순간, 부처님 앞에 가서 기도를 하는 것만이 마음을 닦는 일은 아닐 것이란 생각이 들었다. 부끄러웠다. 지갑을 열어 손을 내미는 사람들에게 나누어 주고 얼른 발길을 돌려 집으로 온 일이 있다.

보이는 것이 전부가 아니었다. 내면에 숨어 있던 양심은 하늘과 땅이 알고 자신도 속일 수 없었던 표리부동.

오늘도 그랬다. 아이들에게 잘 보이려고 씻고 닦으려고 했다. 그 이전에 부모로서 갖출 인간적인 참으로 인간적인 모습을 보여 주는 게 우선이었다. 대나무는 세월이 갈수록 속을 더 크게 비워 간다. 자연의 이치가 그러할진대 하물며 사람답게 살아야 하는 수행이야 더 말할 것이 있을까.

아름다운 관계

사람들은 대화를 통해 서로 알게 되고 진실을 파악하게 된다. 서로의 생각과 경험을 제대로 말하고 상대에 대해 정확히 알게 될 때 공감대를 이룰 수 있다.

우리가 일상에서 만나는 사람들은 우연이거나 필연이거나 중요하지 않은 관계는 없다. 만남이 깊든 짧든 간에 거기에는 어떤 의미가 있다. 삶에서 배워야 하는 모든 것은 사람 사이에서 부딪히는 상황에서 온다. 다이아몬드를 세공하려면 모난 부분을 갈고 다듬어야 하듯 말이다.

산다는 것은 관계를 맺는 것이다. 부모형제의 인연은 내 의지와 상관없이 정해진다. 하지만 배우자나 친구처럼 내가 선택한 인연도 있다. 부모형제같이 필연적인 관계는 어떤 행복이나 불행도 함께 나누어야 하고 가슴에 품어 받아들여야 한다. 게다가 쉽게 끊을 수도 없다. 그러나 배우자나 친구의 만남은 내가 선택했기 때문에 책임이 따르고 세심한 배려가 있어야 관계를 유지한다.

자신이 보고 들은 사실을 근거로 생각을 전개해야 감정에 휘둘리지 않고 적절한 말과 행동을 할 수 있다. 그렇지 않으면 상대를 공격하거나 침묵을 하게 되어 올바른 대화가 되지 않는다. 내가 취하는 행동에 따라 주위 사람들과 가깝고 멀게 되는 원인이 된다.

사람들은 무슨 사실을 보거나 듣는 순간 자신만의 스토리에 갇힌다. 때로는 실망을 하고 상처를 입기도 한다. 사소한 일로 오해를 하고 별것 아닌 걸로 어긋나게 되면 서로 얼굴을 붉히게 된다.

아무리 좋은 뜻을 가지고 있어도 상대방이 문제를 삼아 걸고넘어지면 당하게 되어 있다. 세상은 오늘 남의 허물을 말하지만 내일은 다시 내 허물을 말한다. 상대방의 상황을 확실히 모르면서 자기 잣대로 저울질하고 비방하고 때로는 일방적으로 공격해 오는 경우도 있다. 졸지에 당하는 입장에서는 벙어리 냉가슴을 앓을 수밖에.

상대방이 내 의지가 아닌 다른 뜻으로 받아들이고 곡해를 할 때 타심통他心通이 없으니 언어의 한계를 실감하게 된다. 사실을 털어놓아도 남의 마음을 받아들일 자세가 되어 있지 않으면 허공에 돌 던지는 격이다. 아무리 환한 세상이라도 진실한 마음이 열리지 않으면 사막처럼 아득하다. 사기그릇은 한번 금이 가면 언젠가 깨어지고 만다. 사람도 신뢰가 무너지면 식은 밥을 데우듯 시답지 않은 사이가 된다.

　노자는 "남을 아는 사람은 지혜로운 사람이고 나를 아는 사람은 총명한 사람이라"고 했다. 지혜로운 사람은 분노를 하면 좋은 결과가 나오지 않는 걸 알기에 화를 내지 않는다. 나를 힘들게 하는 사람이 가장 훌륭한 스승이 될 수 있다. 역경을 깨달음의 기회로 삼아야 한다. 굴욕스런 충고를 고맙게 받아들이는 성숙함이 나를 발전시키는 계기가 된다.

　무심히 숲길을 가다 돌부리에 차이는 것도 주위를 경계하라는 신호라는 걸 사람들은 깨닫지 못한다. 우리는 보이는 것에만 신경을 쓰지 그 뒤에 숨어 있는 사실을 읽지 못한다.

서로의 관계를 통해서 자신의 모습을 거울처럼 볼 수 있고, 상대방을 통해 자기 영혼의 상처를 치유하기도 한다. 내가 무심히 던지는 말 한마디가 주위 사람에게 격려가 되고 축복이 되기를 소망해 본다.

사물에는 저마다의 정감이 있다. 한여름 빗방울 소리는 산사에서 들어야 제격이다. 오랜 시간 같이 있어도 뜻이 통하지 않는 사람이 있는가 하면, 잠시 동안 같이 있어도 즐거운 사람이 있다. 나도 누군가의 삶에 웃음과 기쁨을 보태 주는 사람이 되고 싶다.

만리 길 나서는 길 처자를 내맡기며
맘놓고 갈 만한 사람, 그런 사람을 그대는 가졌는가?
온 세상이 다 나를 버려 마음이 외로울 때도
'저 맘이야' 하고 믿어지는 그런 사람을 그대는 가졌는가?
탔던 배 꺼지는 시간 구명대 서로 사양하며
'너만은 제발 살아다오' 할 그런 사람을 그대는 가졌는가?
　　　　　　　　– 함석헌의 〈그 사람을 가졌는가〉에서

인류 역사에 문자가 있기 전에는 사람의 말이 법이었다.

인디언은 말로 약속을 했지만 백인이 들어가 문자로 속임 수를 썼다. 말은 속일 수가 없다. 하늘과 땅이 알고 말하는 나와 상대방이 알고 있어서다. 자기 말에 책임을 지는 사람이 신뢰받는 사람이다.

　아름다운 관계란 아무런 조건 없는 영혼과 영혼의 만남이다. 그리고 신뢰야말로 그 아름다운 관계를 쌓는 지름길이다.

부모 마음 자식 마음

첫 번째 이야기

택배가 왔다. 막내가 햇파래김을 배달시킨 모양이다. 커다란 김 상자 두 개와 작은 상자 하나가 덧따라왔다. 내 눈길이 작은 상자에 머물렀다. 겉포장이 '아이시안' 상자였기 때문이다. '오라, 제 아버지가 백내장 수술을 해서 눈 영양제를 보낸 게로구나.' 필요하다는 언질도 주지 않았는데 내심 기특한 생각이 들었다.

나는 횡재를 만난 듯 부리나케 상자를 뜯었다. 그런데 이게 뭐람, 작게 포장된 김이 들어 있었다. 큰 상자에 딸려온 덤이지 싶었다. 허탈했다. 아마 나도 먹고 있는 약이라 기대해서 그리리라. 아무렴, 자식이 부모 마음을 어찌다 헤아릴까. 뒤통수를 얻어맞은 것 같은 기분에 쓴웃음이 나왔다.

언제부터 나도 움켜쥘 줄만 아는 속물이 되었나 보다. 애초에 생각지도 않았던 약상자에 왜 마음이 흔들렸을까. 약이 필요하다는 생각이 앞섰는지도 모른다. 그러는 부모는 자식 마음을 다 헤아렸을까. 자식이라고 왜 할 말이 없었겠는가. 부모라는 명목으로 지나치게 간섭하고 가당찮게 기대를 했다. 몇 해 전 입원했을 때 건강하게 살아만 주길 간구했던 일을 잊었던가.

그 애는 제가 늘상 보내 주는 김 상자의 분량만 알지 혹이 따라와서 엄마 심사가 틀렸던 걸 알지도 못할 것이다. 타국에서 제 아버지가 수술했다는 소식만 들었으니 미처 생각을 못했던 게지. 약이 필요했으면 진즉에 귀띔을 했어야지 공연히 혼자 북 치고 장구 치며 멀쩡한 자식 불효자를 만들었다. 살얼음처럼 얄팍한 마음으로 자식들이 알아서 해 주기를 바랐던 내 허물이 더 크게 보였다.

막내는 형이나 누이보다 무탈하게 자랐다. 곰살맞은 데가 있어 철이 들면서는 우리 결혼기념일도 잊지 않고 챙겨 주었다. 소식을 전할 때마다 늘 편안하다고 했다. 언짢은 일은 알리지 않아 나중에야 전해 들은 적도 있다.

그 일이 있은 지 한 달쯤 지나 추석이 되었다. 중국에서 막내네 식구들이 왔다. 며칠 묵는 동안 밖에 나갔다 들어온 아이들이 주섬주섬 물건을 풀어놓았다. 까맣게 잊고 있었는데 파란 곽의 '아이시안'이 눈에 띄었다. 나는 얼른 집어들다가 놓고 말았다. 마음 한자락을 들킨 것 같아 얼굴이 달아올랐다. 막내는 진열장 위에 놓여 있던 내 약상자를 눈여겨보았던 모양이다.

부모는 늘 너그럽고 자식을 위해서는 언제나 어깨를 내어 주는 줄 아는 자식들. 나이를 먹어도 그 마음은 여전할 거라고 나도 그렇게 믿었으니까. 지나치게 기대가 커서 오해도 하고 착각도 하는가 보다.

자식은 생각지도 않는데 미뤄 짐작하고 잠시나마 마음 들떴던 게 부끄러웠다. 상황에 따라 달리 보이지만 부모나 자식의 마음은 결국 한마음이지 싶다. 그러나 나는 내일 또 어떤 허물로 자식 마음에 빗금을 그어댈지 모른다.

두 번째 이야기

부모가 자식에게 베푸는 사랑만큼 맹목적인 것이 또 있을까. 세상에서 유일하게 조건 없이 주는 사랑이 부모의 사랑이다. 나는 어머니에게서 그걸 보았다.

친정어머니는 십남매를 낳았지만 한 번도 힘들다는 내색을 하지 않으셨다. 큰오빠를 사이에 두고 어려서 형제를 잃었다. 그래서인지 맏이에 대한 정성이 대단했다. 집밖을 나가는 일이 없었던 어머니가 매달 초하루면 만사제쳐두고 불공을 드리러 가셨다. 백여 리나 되는 절에 새벽같이 떠나 해전에 서둘러 돌아오셨다. 어디서 들었는지는 모르지만 맏손자에게 물색 옷을 입히면 좋지 않다는 말을 믿고 열 살이 되도록 흰옷만을 입혔다.

어머니는 몸이 불편해도 병원에 가지 않으셨다. 특히 치과에는 아예 발걸음조차 거절하셨다. 이유인즉 새댁 때 지나가던 노승이 집안으로 들어와 "새댁은 이에 오복이 들었다" 하면서 삭아서 떨어져 나가면 할 수 없지만 빼거나 건드리면 자식이 좋지 않다고 하더란다. 그 말을 신앙처럼 믿고 구십 평생을 완강하게 지켜 내신 어머니. 자식을 위해서는 참고 견디는 걸 당연하다고 생각하면서 그렇게 누르고 혼자 삭이셨다.

어머니는 아이들이 어렸을 때 우리 집 곁에 사셨다. 시골에서 서울로 공부하러 온 손자들을 돌보기 위해서였다. 큰 농사를 짓던 어머니는 불경을 읽으며 소일하셨다. 낮에는 주로 우리 집에서 지내다가 시장도 보고 절에도 가셨다.

어느 날 아침 대문 소리에 나가 보니 어머니가 머리에 양은 다라이를 이고 계셨다.

"어머니, 그게 뭐예요?"

나는 놀라서 받기도 전에 물었다. 그리고 양은 다라이를 받아 내려놓았다. 거기에는 쌀이 가득 담겨 있었다. 화가 났다. 노인이 뭣 땜에 무거운 걸 머리에 이고 다니는지 이해가 되지 않았다. 이웃이 볼까 봐 창피하기도 했다.

어머니는 우두커니 서서 아무 말씀도 하지 않으셨다.

"그냥 가져가세요."

나는 양은 다라이를 어머니 머리에 올려놓으며 볼멘소리를 냈다. 그렇게 하지 않으면 이런 일은 계속될 것 같았다. 선 채로 아무 말 없이 그냥 돌아서는 어머니를 보니 가슴이 무너져 내렸다. 시골에서 가마니 쌀을 부쳐다 먹는 어머니는 말쌀을 사다 먹는 딸의 형편을 늘 안타까워하셨다. 어머니의 그 마음을 왜 모르겠는가.

어머니가 오빠에게 일렀는지 그 후 몇 년간 우리 집에도 가을에는 쌀 한 가마가 부쳐 왔다.

옛 사람들은 부모의 뜻을 거역하지 않는 것이 효라고 했다. 그러나 나는 수긍이 가지 않는 행동은 그냥 묵인할 수 없었다. 한동안 물건을 들고 오는 일은 없었다. 그런데 어느 날 어머니가 한지에 싼 걸 내놓으셨다. 풀어 보니 얇게 썬 여남은 조각의 녹용이었다. 허약한 큰애가 마음에 걸리셨던가 보다. 왈칵 눈물이 쏟아졌다. 수중에 돈을 가졌으면서도 당신 주변으로 사지 못하고, 며느리가 지어 보낸 한약 중에서 골라왔다고 하셨다. 자식이 편안해야 부모도 편안한 걸 뼈저리게 느끼게 한 사건이었다.

어머니는 10여 년 서울에서 지내다가 고향으로 내려가셨다. 한동안 갈피를 잡을 수 없이 허전했다. 지금 와서 생각하니 어머니와 함께한 세월이 가장 행복했던 것 같다.

달포에 두어 번 아이들을 데리고 어머니를 뵈러 갔다. 아이들하고 바쁠 텐데 뭣하러 오느냐 하면서도 밝게 웃으셨다. 하룻밤을 머물러도 빨리 올라가라고 재촉하면서도 손을 놓지 않으셨다.

돌아가시던 해 많이 외로워하셨다. 한나절이면 다녀갈 것을 하면서 눈을 맞추지 못하셨다. 아직은 그 나이가 아닌데도 나도 요즘 허공을 바라보는 시간이 늘어났다.

인연의 고리

김 회장은 근래에 보기 드문 모범 공무원이었다. 정년퇴임 전날까지 출근할 만큼 매사에 성실하고 책임감이 강했다. 어떤 일이든 적극적이고 무엇보다 불심이 돈독하여 생보살이라고 불리는 거사님이다. 다부진 체격에 눈매가 매섭고 총명한 호남형이다. 반면에 고지식하고 굽힐 줄 모르는 성격이라 경제계획원에서 요직을 두루 거쳤으면서도 승진 인사에서는 번번이 밀려났다.

내가 김 회장을 처음 알게 된 것은 큰아이가 초등학교 다닐 때다. 이웃에 살면서도 안면이 없었는데 발목을 삐어 김 회장 부인이 하는 약국을 찾아갔던 게 인연이 되었다. 부인이 약국과 한방을 겸하여 침을 맞는 은혜를 입었다. 그 후 기회 있을 때마다 그 부부를 따라 각지에 사찰

순례를 다녔다.

1980년대 여름 복중에 수덕사 벽초대화상僻超大和尙을 친견하러 갔을 때 일이다. 큰스님이 산꼭대기에 있는 정혜사에 계시다는 소식을 듣고 가파른 산길을 올라가는데 어찌나 더운지 숨이 턱에 닿았다. 온몸에 땀이 줄줄 흐르고 옷이 몸에 척척 감겼다. 처사님들이 웃옷을 벗어 두 손으로 짜서 입고 한 시간을 올라갔던 일이 엊그제 일처럼 새롭다.

김 회장의 인생은 거사불교단체인 '달마회'와 인연을 맺고 달마회 회장직을 맡으면서 고행이 시작됐다. 달마회는 1948년 박고봉朴古峰 스님을 모시고 참선을 시작한 생활불교 종교단체로서 선을 통한 견성성불見性成佛, 정신수련에 목표를 두었다. 최초로 문공부에 등록이 됐고 회관 건립의 막중한 숙원사업을 안고 있었다.

그 당시 대지는 이웃 사찰과 인락재판認諾裁判을 해서 달마회로 확보된 상태이나 무허가가 산재하고 그린벨트로 묶여 있는 야산이었다. 공직 중이라 점심시간을 활용하여 빵과 우유로 허기를 면하고 힘들게 묶여 있던 땅을 풀고 무허가 건물을 정리하여 건축허가도 받아냈다.

독립기념관을 설계한 지금은 고인이 된 김기웅 씨의 설계로 건축이 시작됐다. 건축자금을 희사하기로 한 거사님이 타계하여 건축회사에서 공사비를 이사들에게 책임 분담시켰을 때, 그들은 건축에 관한 전권을 회장에게 위임하고 뒤로 물러섰다. 전임 회장은 새로운 모임을 만들어 회원들을 이분화시켰다.

불의와 타협할 줄 모르고 원칙만을 고수하던 그는 회장이란 멍에를 사명감으로 받아들이고 혼신의 힘을 쏟았다. 지방 출장 중에도 여가를 활용하여 전국의 사찰을 누비며 권선의 열성을 보였다. 마지막 불사에는 살고 있던 집마저 저당 잡히고도 마무리가 되지 않아 고심하느라 두 눈에 핏발이 가시질 않았다.

8년여의 우여곡절 끝에 '달마회관'은 여법하게 완공되었다. 불교계에서는 처음으로 정부에서 4년마다 시행하는 제15회 건축설계 작품전에서 홍은동에 있는 스위스호텔과 더불어 최우수상을 수상했다. 그러나 달마회관이 활성화되기도 전에 이웃 사찰과의 송사에 휘말리게 되었다. "건물을 짓고 나서 상납하겠다는 구두약속이 있었으니 소유권을 환원하라"는 억지 주장을 해 온 것이다.

그는 자기 주머니를 털어 회관을 지켜 가는 데 불철주야 심혈을 기울였다. 변호사 사무실과 법원을 쫓아다니느라 어떤 때는 구두도 짝짝이로 신고 다녔다는 말을 부인에게서 들었다. 극한 상황에서도 문화유산으로 보존하겠다는 뜻을 굽히지 않고 대항했던 세월이 몇 년이던가.

어느 여름 장대비가 한나절을 퍼부었을 때 회관 옥상에서 비가 새어 법당에 물이 가득 고인 걸 보고 올라갔다가 다리를 다쳐 발을 질질 끌면서도 법회에 참석했다. 달마회를 지키려고 살신성인하던 그는 구고구난救苦救難하는 관세음보살의 현신이었다.

모순투성이인 현실과 무소유 무집착인 불법의 괴리 속에서 인욕행忍辱行의 갈등을 수없이 참아냈지만 사필귀정은 묘연했다.

대법원 판결은 서류심사라 파사현정破邪顯正의 판결을 기대했는데 패소했다. 그의 입술이 까맣게 타들어 가는 걸 본 변호사도 놀랐단다. 처절하게 참담한 그 심정을 어찌 지탱할 수 있었으리오. 결국은 그 충격에서 벗어나지 못하고 2003년 여름 갑자기 쓰러져 운명하셨다.

건물 지상권이 30년이라 김 회장이 서거 후 문을 닫아

놓았다. 주인 잃은 건물은 활성화되지 못하고 붕괴되어 드디어 2008년 형체를 잃어버렸다. 회장님과 회원들이 심혈을 기울였던 염원을 뒤로한 채 빛도 보지 못했다.

우이동 골짜기의 달마회관은 사라졌지만 흔적은 남아 있다. 김 회장의 인생을 고스란히 짊어진 인연의 고리는 풀렸을까. 거기에는 내 피와 땀의 일부도 열정도 담겨 있다.

생전에 상구보리 하화중생을 몸소 실천하며 달마회보에 실렸던 글을 정리하여 추모 달마회보 본집을 엮었다. 나는 교정을 도와주면서 불법을 다시 한 번 되새겨보는 계기를 얻었고, 그가 얼마나 애절한 서원으로 고군분투하였는지 가슴이 뭉클하였다.

김 회장이 돌아가신 지 15년 세월이 흘렀다. 남은 사람들은 김 회장의 뜻을 받아 불법을 의지하고 세월에 아픔을 삭여 가고 있다. 나도 김 회장 부인이 늘 얼굴 살피며 지어 준 보약 덕분에 아직까지 건재하다.

김 회장은 중생의 인연은 끊어졌지만 부처님의 인연 따라 극락에서 평안하시리라.

마음이 흘러가는 곳

지상에서 사랑이란 삶의 영원한 보배다. 이 세상에 살아 있는 모든 생물들에게 사랑은 포기할 수 없는 삶의 명제다. 산다는 것 자체가 곧 사랑한다는 것 아닌가. 그 사랑 따라 사람의 마음도 구름처럼 흘러간다. 그 여러 사랑 중 남녀의 사랑은 음양의 조화에 의해 이루어졌으니 거스르는 것은 위선이고 오만일 거란 생각이 든다.

가까운 친구가 남편과 사별했다. 워낙 금슬이 각별했던 사이라 더 외로움을 주체하지 못했다. 내 곁에 살겠다고 가까운 곳에 이사했지만 알뜰히 살펴주지 못했다. 늦은 밤 보고 싶다고 한 번만 만나보고 싶다고 울면서 붙들고 매달릴 땐 내가 죄인 같았다. 3년이 지나 이제는 헤어날 때도 되었지 싶은데 시간이 지날수록 더 힘들어했다. 뼛속 깊이 스며드는 고독을 경험하지 않은 사람이 어찌 알겠느냐고 호소했다. 그럴 땐 섣불리 위로하기도 조심스러웠다.

왜 안 그렇겠나. 40여 년 함께한 세월의 흔적을 지워 내기가 어디 쉽겠는가. 누가 한 말인지 잘 모르지만, 부부란 결혼 후 3개월 사랑하고 3년은 싸우고 30년은 서로 참으며 산다는 말이 있다. 그런데도 지내 놓고 보니 잘한 것은 하나도 생각나지 않고 잘못한 일만 가슴을 베인다고 했다. 배우자가 떠나고 혼자 남았을 때의 삶은 살아야 할 의미가 없을 뿐더러 완전히 허물어진 집과 같다고도 했다.

우리는 특별한 누군가를 찾을 때까지는 반쪽이고 완벽하게 갖추어져야 하는 퍼즐의 일부이기 때문일까.

인생이란 극한 상황에서 변화가 찾아오게 마련인가 보다. 그녀는 우연히 격조했던 친구를 통해 대학 다닐 때 첫사랑을 다시 만나게 되었다. 연애는 연령에 구애받지 않았던가. 그 후 비실거리던 친구는 물오른 버드나무처럼 화색이 돌았다. 쇼핑하는 횟수가 늘고 화려한 의상에다 화장이 짙어지더니 그녀의 몸에서 보석들이 광채를 냈다. 그 덕에 한동안 동반했던 나도 친구의 그늘에서 벗어날 수 있었다.

남자에게 사랑은 일부일 수 있지만 여자에게 사랑은 인생의 전부일 수도 있다. 반세기를 뛰어넘은 사랑의 밀도는 어느 정도나 될까. 첫사랑의 호기심일까. 아직도 열정이 남았을까. 그보다 윤리적인 장벽을 넘을 수 있을까.

정지됐던 사랑이 추억이란 기억 속에서 현실화되는 기간은 그리 길지 않았다. 생각만 해도 가슴 떨리던 열정은 성숙된 이성이 걸림돌이 되고 일정 시간이 지나자 서로 성격적인 결함을 보이기 시작했다.

행동양식이 다른 남녀가 서로의 차이를 인정하기란 그리 쉽지 않다. 여자는 혼자 있을 때 행복을 느끼지 않는다. 늘 관심을 보여 주기를 원하고 한 다발의 꽃을 주는 것보다 매일 한 송이씩 나누어 주는 꽃을 더 만족해한다.

남녀의 사랑은 시간이 지나면서 가장 먼저 시각적 아름다움이 사라지고 후각적 매력이 사라지게 된다고 한다. 영혼의 무게를 달아보고 사귀지 않는 한 허상에 매달릴 수도 있다. 인간은 현실보다 자기가 만든 허상에 빠지기도 하니까. 외로움에 말벗이 되어 줄 그 이상의 다른 감정이 존재할 의미가 없었다고 친구가 말했다.

10여 년이 지난 지금, 내가 친구의 처지가 됐다. 남편의 부재를 곳곳에서 만나고 때로는 경악한다. 문득 부르는 소리에 놀라고 잠이 깼을 때 혼자라는 생각에 눈시울이 뜨거워지고, 외출했다가 뛰어 들어오기도 하고, 슈퍼에서 장마구니에 물건을 주섬주섬 담았다가 계산대에서 돌아서는 허탈함. 여행길에서 길 잃은 방랑자처럼 허탈해진다.

그때는 친구를 이해는 해도 지금처럼 절절한 아픔이 가슴에 스며들지 않았다. 남의 얘기로만 들었던 아픔이 현실이 되고 보니 친구에게 살뜰하게 위로해 주지 못한 게 미안했다. 남편 살아 있을 때 잘하라는 충고가 그때는 거슬렸는데 내 가슴에 못이 박힐 줄이야.

그렇지만 인생은 어차피 혼자 감내해야 할 몫이 있다. 구름이 흘러가듯 사람의 마음도 머무는 듯 흘러간다. 그러나 체념한다는 것은 내 심장 한쪽이 멎어지는 고통이란 것을….

지금 그 친구가 많이 아프다. 병원에 입원할 형편이라 도움을 요청해 왔다. 다소 경제적인 도움은 줄 수 있었으나 선뜻 다가가지 못했다. 더 이상 두렵고 아픈 상황을 감당할 자신이 없었다.

호박 한 덩이

며칠 전 동문회에 갔을 때였다. 연배보다 선배 님들이 더 많이 모인 자리였다. 이태리 식당에 서 스파게티와 파스타를 먹고 있었다. 그때 용인에 사는 후배가 가을을 통째로 안고 들어섰다. 오랜만에 만난 반 가움에다 금방 밭에서 딴 물기도 마르지 않은 애호박을 한 덩이씩 안겨 주니 모두들 희색이 되었다.

언제였던가 라디오에서 들은 얘기다. 아나운서가 서울 역 대합실에서 무거운 짐을 잔뜩 짊어진 할머니를 만났 다. 무겁지 않느냐며 거들어 드리겠다고 하자, 그 할머니 는 마음을 담아 왔다고, 마음은 무게가 없어 무겁지 않다 고, 아무리 많이 담아 와도 힘들지 않다고 하며 손사래를 치더란다. 행복한 짐보따리였다.

그 짐 속에는 자식들에게 나누어 줄 올망졸망한 봉지들이 들어 있을 것이다. 여름내 뙤약볕에서 오로지 자식 생각으로 흘린 땀방울들. 그 힘든 고역을 참아 내었을 부모들의 자식 사랑은 짐이 무거울수록 깊다.

  "어느 틈에 밭을 가꿨어요?"

  나는 고마워 호박에서 눈을 떼지 못하고 물었다.

  "내가 가꾼 게 아니고요, 옆집 밭에서."

  하면서 그녀는 해맑은 웃음을 얹어 주었다. 이웃에 사는 할머니 빈 밭에 호박을 심지 않았는데도 호박밭이 저절로 되었단다. 여름내 잦은 비에 열매를 맺지 못했는데 며칠 전 우연히 들여다보니 호박이 흥부네 아이들처럼 매달려 있더라는 것이다.

  혼자 사시는 할머니는 나눠 줄 데가 있으면 마음대로 하라고 하셨단다. 모임에 가져올 궁리를 하고 혹시나 싶어 슬며시 넓은 잎으로 덮어 놓았다고 하면서, 아침에 장화 신고 호박밭에 들어가 호박과 호박잎 따느라 늦었다고 어쩔 줄 몰라 했다.

  호박은 찬바람이 불어야 열매를 잘 맺는다. 주인이 밭을 가꾸지 않아도 어머니인 땅은 씨앗을 품고 자라서 제구실을 해냈다. 자연은 마음이 넉넉한 사람에게 은혜를 베푸는가 보다. 주인이 후덕한 사람이기에 호박밭이 되었던 건 아닐까.

예쁘게 포장된 둥근 호박은 꽃자리도 떨어지지 않는 채 기름이 잘잘 흐르고 윤기가 났다. 호박잎도 어찌나 연한지 만지면 부서질 것 같았다. 스무 명이 넉넉히 나누고 기사아저씨들에게도 나눠 주었다. 그럼에도 후배는 더 가져오지 못했다고 면구스러워했다.

호박을 보니 숨어 있던 기억이 새롭게 떠올랐다. 우리 집 둔덕은 호박밭이었다. 누가 심지 않아도 가을에는 저절로 호박넝쿨로 뒤덮였다. 지난가을 풀숲에 숨어 있던 늙은 호박이 주인이지 싶다. 사람들이 곱게 봐주지 않아도 아침 이슬을 머금고 환하게 웃어 주던 호박꽃을 보면 마음이 편안했다. 뱀이 있을지도 몰라 긴 장대로 툭툭 치며 잎 사이를 헤집어 어린 호박을 찾던 때가 그립다.

우리는 호박을 보아서인지 서양요리를 먹으면서도 호박된장찌개 얘기를 했다. 별수 없이 우리 몸에는 토종음식의 원형질이 들어 있음인가.

비록 작은 선물이지만 우리는 호박 한 덩이로 즐거웠다.

우리 세대 대부분이 경험했을 고향의 아련한 향수를 느꼈다. 우리가 진심으로 원하는 것은 물질적 풍요가 아니라 팍팍한 도시에서의 끈끈한 유대감이었고, 오늘 모두 뿌듯한 행복감을 맛보았을 것이다.

오늘 저녁 반찬 걱정은 덜었다. 호박을 큼직하게 썰어 넣고 된장찌개를 끓여 볼까, 새우젓을 넣고 볶아 볼까, 아니면 채쳐 밀전병이라도 부쳐 볼까.

나는 생각만 해도 군침이 돌았다.

무심이 행복인 것을

성북동으로 가는 뒷길 담 모퉁이를 돌아서자 허름한 담벼락에 커다란 거울이 철사줄에 묶여 걸려 있었다. 이 집주인은 어떤 사람이기에 이런 생각을 내었을까. 정갈하게 닦은 거울에 지나는 사람들이 옷깃을 여미는 모습이 경건하게 보였다.

누군가가 지켜보고 있을 때 인간은 더 바른 행동이 나타난다고 한다. 나는 나쁜 일 하다 들켜 버린 어린애마냥 차림새를 매만지고 거울 속을 들여다보았다.

좁은 골목을 빠져나오니 길상사로 올라가는 길이 보이고 양쪽으로 작은 궁전 같은 집들이 즐비했다. 높은 담장에 굳게 닫힌 대문에는 인적이 뜸하고, 담장 너머 나무들은 무료한 듯 길 건너 친구들을 건너다보며 담소를 나누고 있는 듯했다. 문득 저 집에도 세상살이 사연이 숨어 있을까 하는 생각이 들었다.

문정희 시인은 마음이 처질 때는 시장에 가서 활력이 넘치는 삶의 소리를 듣거나 어쩌다 한 번씩 산사를 찾아가 마음을 다스린다고 했다. 그런데 나는 오히려 마음이 울적할 때 사찰을 찾는다. 무심히 엎드려 절을 하다 보면 하심 下心이 되고, 어느새 불편했던 마음이 녹아 버렸는지 찌든 때가 씻긴 듯 개운하다. 진심嗔心이 조금은 소멸되기 때문일까.

대수롭지 않은 일도 생각이 다르다 보니 수시로 언쟁을 불러일으킨다. 순간의 역경을 그대로 보고 '이놈아' 할 때는 '이놈아 하네' 하고 완전히 받아들여야 하는데 그게 쉽지 않다. 역경계는 더 달게 받아들여야 편안한걸.

싸움은 서로 다름을 인정하지 못하는 데 원인이 있다. 자신만은 그런 존재가 아니라는 인식 부족에서 일어난 착각인 것 같다.

진심을 낸 것은 돌에 새겨진 글과 같이 오래가고, 선심을 낸 것은 모래에 쓴 글씨와 같이 금방 잊어버린다고 했다. 문득문득 일어나는 분노와 끈질기게 도사리고 있는 정체 모를 아집은 어찌해 볼 도리가 없다. 내 안에 담아 둘 작은 공간도 빈틈 없이 채웠으니 무슨 말인들 고여 둘 수가 있었으랴. 속박은 내 마음속에 똬리를 틀고 있었다.

법당을 나와 우거진 숲 사이로 들어가니 몸이 날아갈 듯 상쾌했다. 나뭇가지 사이에 실바람이 머물고 조곤조곤 숲 이야기가 들려오는 것 같다. 나무는 서로 어우러져 큰 나무 곁에 작은 나무도 서로 가지를 비껴가며 기대어 산다. 밑에 있는 나무들도 다른 나무 틈 사이로 햇빛을 나누며 묵묵히 제자리를 벗어나지 않는다.

쓰르라미가 울고 매미가 목청을 높여도 불평 없이 들어 준다. 요즘은 매미가 밤낮없이 울어댄다. 잘 울어야 내세에 허물을 벗고 더 나은 몸으로 환생할 수 있다는 속사정을 알아 달라는 듯이.

시원한 바람 한 줄기가 등줄기를 스치고 지나간다. 바람은 공포영화처럼 스릴이 있어 좋다. 붉은 능소화가 등나무를 껴안고 하늘바라기를 한다. 무엇을 바람인가. 수줍은 누이처럼 호젓이 피어 있는 보라색 들국화에 벌과 나비가 번갈아가며 집적거린다. 살그머니 다가가서 한 장면 잡으려는데 벌도 모델이 되고 싶었던지 포즈를 바꾼다.

나무 사이로 파란 하늘이 숨바꼭질을 한다. 무심히 떠가는 구름 한 자락 비집고 앉았는데 이게 무슨 심술일까. 햇빛이 쨍쨍한 벌건 대낮에 날벼락 치는 소리가 요란하다. 숲도 바람도 미동도 하지 않는데 홀로 연주를 하듯 쿵쾅거린다.

담 밑에 낮게 웅크린 들꽃들이 수줍은 미소를 띠고 있다. 연록의 새잎과 지난해의 앙상한 뼈대와 말라 버린 꽃송이가 그대로 버티고 서 있는 일년초들의 공존, 구태여 거두지 않은 것은 그것대로 보는 의미가 있다.

사람은 죽기가 무섭게 처리해 버리지만 풀은 그대로 있다. 거기서 사람의 싸늘한 인심을 보게 된다. 산꼭대기 나무도 바위틈에서 의연하기만 한데 작은 바람에도 나는 늘 흔들리고 있다. 언제쯤이면 저 소나무처럼 의젓할지 모르겠다.

늘 한결같은 자연, 시시로 변하는 인간, 이제 서서히 해넘이에 어둠이 내리고 도도하게 내일의 역사가 다가올 게다. 그렇게 모두가 자연스럽게 흘러가는데, 무심이 곧 행복인 걸 알면서도 나에게 쌓인 아집은 홍수에도 씻겨 보내지 못했다.

나뭇잎 하나가 어깨에 내려앉는다. 다 내어 준 잎은 가볍다. 나는 언제쯤이나 내려놓을 수 있을까. 설익은 도토리가 가지째 꺾여 발밑에 밟힌다. 무엇이 급해서 익기도 전에 떨어졌을까.

세월도 비껴간 코스모스가 새초롬히 피어 있는 담장을 끼고 서둘러 일주문을 나서려는데, 담벼락에 붙어 있는 '버리고 떠나기 선 수련회' 플래카드가 발길을 잡는다.

또 한 번의 야반도주

펴낸날 초판 1쇄 2019년 3월 17일

지은이 홍정자
펴낸이 서용순
펴낸곳 이지출판

출판등록 1997년 9월 10일 제300-2005-156호
주 소 03131 서울시 종로구 율곡로6길 36 월드오피스텔 903호
대표전화 02-743-7661 **팩스** 02-743-7621
이메일 easy7661@naver.com
디자인 박성현
인 쇄 (주)꽃피는청춘

ⓒ 2019 홍정자

값 13,000원

ISBN 979-11-5555-103-5 03810

이 도서의 국립중앙도서관 출판예정도서목록(CIP)은 서지정보유통지원시스템 홈페이지
(http://seoji.nl.go.kr)와 국가자료공동목록시스템(http://www.nl.go.kr/kolisnet)에서 이용하실
수 있습니다.(CIP제어번호: CIP2019007343)